제25회 전태일문학상 수상작품집

수상한 시절

제25회 전태일문학상 수상작품집

수상한 시절

2017년 11월 10일 초판 1쇄 인쇄
2017년 11월 15일 초판 1쇄 발행
지은이 김유현 외
펴낸이 윤철호·김천희
펴낸곳 (주)사회평론아카데미
편집 장원정
디자인 김진운
마케팅 강상희
등록번호 2013-000247(2013년 8월 23일)
전화 02-2191-1133
팩스 02-326-1626
주소 03978 서울시 마포구 월드컵북로12길 17
이메일 academy@sapyoung.com
홈페이지 www.sapyoung.com

ISBN 979-11-88108-34-3 03810

제25회
전태일문학상
수상작품집

수상한
시절

김유현 외 지음

사회평론

익숙한 이야기에 침묵하지 않고
질문을 던지는 글쓰기

몽골의 유목민에 대한 다큐를 본 적이 있습니다. 새로운 광야를 찾아 가축들과 이동하는 과정을 다룬 이야기였습니다. 그들의 가축은 소유가 아닌 생활의 일부였습니다. 추운 겨울 험한 산을 넘다 다친 가축이 있으면 두고 떠납니다. 한 마리 때문에 다른 가축들이 죽을 수 있음을 알기에 무거운 발걸음으로 숨이 넘어가지 않은 식구를 두고 떠나는 것입니다. 숨을 헐떡이다 끝나는 경우도 있지만 다른 유목민들이 구조하는 경우도 있습니다. 여력이 있는 유목민들이 가축을 소중히 치료하고 보살핀 후 원래의 주인에게 돌려주는 장면을 보고 한참을 울컥했습니다. 유목민들에게 가축은 식구이며 동지이며 삶이었기에 한 장면에 기쁨과 슬픔, 절망과 행복, 그리고 연대가 들어 있었습니다. 한 생명을 보는 선한 눈매의 유목민들을 볼 때 우리는 어떤 삶을 바라봐야 하는지를 생각합니다.

글을 쓴다는 것은 연대의 기록이며 우리 삶의 모습입니다. 글과 삶이 일치되지는 않더라도 사람이 살아가는 이유는 무엇인가에 대한 질문을 끊임없이 던져야 합니다. 검열 없는 상상력이 글을 쓰는 이에게 더욱 공고한 이유를 부여해야 합니다. 그리하여 익숙한 이야기에 침묵하지 않고 새로운 이야기에 응원을 보냅니다.

제25회 전태일문학상에 소설은 75편이, 시는 706편이, 생활·기록문은 107편이 접수되었습니다. 청년 전태일은 노동자이면서 글을 쓴 문학청년이었습니다. 그의 글을 읽어보면 어느 소설보다도 어느 시보다도 사람의 마음을 움직이는 힘이 있습니다. '갱부의 헬멧'에 '아스라한 은하의 별들'을 보려는 노력을 보인 시 당선작은 과거가 결코 현재와 단절될 수 없고 결국 미래의 이야기라는 것을 설득력 있게 보여주고 있습니다. 거대 폭력에 희생당한 개인의 일생을 추적하며 '사람답게 산다는 것이 무엇인가?'라는 질문을 던지는 소설 당선작은 이야기가 어떻게 우리 삶을 드러낼 수 있는가를 상기시켜 주고 있습니다. 생활·기록문 당선작은 한 젊은 청년의 소중한 일기입니다. 청년이 살아가는 도시는 유목민의 삶이 되어버렸습니다. 자신의 이야기에 함몰되는 것이 아닌 청년의 문제 제기, 대안 마련을 공감 있게 서술한 기록물입니다. 전태일문학상 제정 취지인 '각각의 삶터와 일터에서 인간이 인간답게 살 수 있는 사회'

를 이루기 위한 글쓰기를 구체화한 청년의 목소리가 더욱 퍼져 나갈 수 있도록 응원의 박수를 보냅니다.

제12회 전태일청소년문학상에 산문은 137편, 시는 458편, 독후감은 35편이 접수되었습니다. 지난 2년간 청소년문학상은 '문화체육관광부 장관'상을 수여하지 못했습니다. 이해할 수 없는 이유로 문화체육관광부의 장관상이 거부된 것입니다. 문화계 블랙리스트가 수면 위로 떠오른 지금 청소년문학상에도 검은 그림자를 덧씌운 지난 정권에 분노를 느낍니다. 문학은 어떠한 이유로도 검열될 수 없으며 어떠한 외압으로도 자유로워야 합니다. 특히, 청소년들에게 부당한 권력의 힘을 적용시킨 것에 대해 엄중히 책임을 물어야 할 것입니다.

타락한 정권이 무너져 내리고 새로운 정권이 들어섰습니다. 무력 쿠데타가 아닌 비폭력 혁명이라는 수많은 '촛불'의 힘이라는 것을 누구도 부인하지 않습니다. 강한 정치인의 선동적인 목소리가 아닌 소소한 시민들의 분노가 큰 바람을 일으킨 것입니다. 깃발은 자유로웠으며 목소리는 다양했습니다. 광장은 노래가 되었으며 따뜻한 연대가 되었습니다. 전태일이 차비를 아껴 어린 여공들에게 풀빵을 사주기 위해 걸었던 길만큼 행복했던 광장의 행진이었습니다. 여전히 세월호의 진실은 밝혀지지 않고 적폐는 청산되지 않고 있지만, 여전히 우리는 연대의 힘을 믿습니다.

전태일재단의 어려운 여건을 이해하고 깊은 배려로 함께해

주신 스물한 분의 심사위원께, 함께 주최하는 경향신문사에, 해마다 수상집을 출간해주는 사회평론사에, 그리고 후원해주는 민주화운동기념사업회와 한국작가회의, 도서출판 걷는사람, 서랍의날씨에 감사의 인사를 드립니다. 소중한 글을 보내주신 응모자 분들께 특히 감사의 마음을 전합니다. 전태일문학상과 전태일청소년문학상이 여기까지 온 데에는 많은 분들의 보이지 않은 애정이 더해졌습니다. 글을 쓰고 읽는 모든 과정이 행복이었습니다.

"우리 시대 사람들이 그동안 우리 스스로 당연하게 여겨온 것들에 대해 의문을 던지고, 보편의 확장으로 나아갈 수 있다면, 더할 나위 없이 기쁠 것 같"다는 젊은 역사학도의 당선 소감이 마음에 잔잔한 파장을 일으킵니다. 과거는 현재이며 현재는 미래이며 미래는 오지 않은 과거임을 기억합니다. 전태일문학상과 전태일청소년문학상을 기억해주실 모든 분들께 감사합니다.

2017년 11월 18일
전태일문학상 운영위원 안재성, 맹문재, 유현아, 차형근

차례

머리말 익숙한 이야기에 침묵하지 않고 질문을 던지는 글쓰기 4

소설 부문 당선작

김유현·수상한 시절 11

수상 소감 38

시 부문 당선작

이온정·검은 아버지들 외 39

수상 소감 49

생활·기록문 부문 당선작

윤성환·어느 '도시 유목민'의 일기

― 2017년 2월 20일~6월 30일 51

수상 소감 82

제25회 전태일문학상 심사평

소설 부문 사람답게 산다는 것이 무엇인지 질문하는 소설 86

시 부문 시는 삶의 이야기일 수밖에 없다 88

생활·기록문 부문 뛰어난 현실인식과 치열한 문제를 제기한 감동의

　글쓰기 91

제12회 전태일청소년문학상 수상작

문화체육관광부 장관상

고수빈 · 그 날 본 건 어쩌면 외 2편 95

전태일재단 이사장상

산문 부문 최건 · 노답청소년협회 101

독후감 부문 박샘 · '아름다운' 전태일의 사상 120

경향신문 사장상

시 부문 이소명 · 토마손 외 3편 125

산문 부문 변자영 · 인간을 위한 나라는 없다 133

독후감 부문 이희정 · 인간이 가져야 할 가장 인간적인 문제 152

한국작가회의 이사장상

시 부문 김민서 · 외벽에 비친 남자 외 2편 158

산문 부문 정재훈 · 히어로 김정훈 씨 164

독후감 부문 윤기원 · 그대 이름은 바보, 바보, 바보 178

사회평론사 사장상

시 부문 김회정 · 다섯 번째 계절의 혹한기 외 4편 182

산문 부문 서은총 · 난쟁이의 손 193

독후감 부문 김태희 · 어둠 속에서 피어오른 작은 불씨는 세상을 환히
밝히는 빛이 될지어니 203

제12회 전태일청소년문학상 심사평 209

전태일문학상 제정 취지 217

소설 부문 당선작

수상한 시절

·

김유현

김유현

2002년 장안대 문예창작과 졸업 • 2007년 경기문화재단 사이버 문학상
(산문부문) 입선 • 2015년 광남일보 신춘문예 소설 등단.

집은, 사람을 품은 지 오랜된 듯 초라하고 남루해져 있었다. 검붉은 옛 슬레이트 지붕에 검게 그을린 아궁이와 뭔가 사납게 물어뜯긴 듯 군데군데 찢겨진 문풍지 사이로 인기척 없는 정적만이 방 이곳저곳을 넘나들 뿐이다. 부엌으로 보이는 갱 같은 곳은 작년에 내린 집중호우 때문인지 지붕 한 곳이 주저앉아 있었다. 하늘이 훤히 보이는 그곳으로 바람이 불어왔다. 폴폴 피워내던 감자 삶는 냄새가 여전히 어디엔가 깊게 배어 있을 것만 같았다. 하지만 사람냄새가 사라진 가옥은, 음식보단 인적이 끊긴 오래된 폐가의 모습으로 더 짙게 그을려 있었다.

사람을 품지 못한 집은 더 이상 집이라고 하기엔 그 모습이 초췌해 보였다. 마당에 내팽개쳐진 냄비와 녹슨 밥솥이 몸을 옮길 때마다 발끝에 거치적거렸다. 한쪽이 우묵하게 찌그러진 품새가 자꾸만 내 머릿속 기억을 밖으로 내모는 기분이었다.

흙가루가 어질러진 마루 한 귀퉁이를 손으로 털어낸 나는 엉덩이를 붙이고 앉았다. 작년부터 집주인 모습이 보이지 않는다고 했으니, 덕한이가 이곳을 떠난 지도 어느덧 3년이 다 되어 갔다. 덕한이가 복지시설로 떠난 뒤, 이 집 주인이었던 덕한이 부모는 아무런 귀띔도 없이 이 마을을 떠나버렸다. 자그마치 20년 동안 살았던 마을을 말이다….

20년…. 20년 전이면 내 나이 13살이었고, 덕한이도 나와 동갑이라고 했으니 13살쯤 됐을 것이다. 하지만 녀석은 또래들과는 조금 달랐다.

— 후우우…

집을 둘러보던 그때, 입바람을 불듯 소소한 바람이 내 귓등을 간질이며 다가왔다. 나도 모르게 목을 한껏 움츠리곤 눈을 감았다. 후우우…. 20년 전 녀석이 내게 장난을 치듯 바람은 내 주위를 맴돌다 이내 모습을 감추었다. 고개를 돌리자 구석진 곳에 방문이 보였다. 문지방에 어슷하게 비낀 방문은 스산하게 흔들리고 있었다. 금방이라도 누군가 밖을 기웃거리며 문을 흔들어댈 것만 같았다. 밖을 향해 손을 내뻗던 그 당시 덕한이처럼…. 하지만 문은 열리지 않았고, 녀석은 자그마치 20년을 저 안에서 살아왔다.

20년은, 누군가를 잊고 살기엔 충분한 시간이었다. 특히 유년의 기억이라면 20년쯤은 누군가에겐 까마득한 망각의 시간일지도 모른다. 인생의 딱 중간 지점일 20년. 그 당시엔 시간이 무색할 만큼 유년을 기억하기엔 너무도 버거운 시절이었다.

중학교에 입학한 후, 가족 모두 서울로 이사를 오면서 덕한이의 존재는 내 기억에서 사라져버렸다. 그냥 단편적인, 흘려 넘길 만한 한 페이지도 안 될 극소량의 그 무엇일 뿐, 녀석의 기억은 아득하게 멀어져 있었다. 그런데 정확히 20년이 지난 어느 날, 덕한이를 다시 마주하게 된 건 TV에서였다. 처음엔 알아보지 못하다가 화면 속 배경과 집들이 나타나자 기억이 하나하나 되살아났다. 여백으로만 남은 줄 알았던 내 과거 속 기억들이 고속으로 되감기를 하는 순간이었다. TV 속 교양 프로그램에서 본 덕한이는 많이 자라 있었다. 나 역시 자랐으니, 녀석도 자랐겠지. 하지만 방송에 비춰진 녀석은 사람을 품지 못한 집처럼 황폐해져 있었다. 아니, 그건 황폐함이라고 하기엔 너무도 처절하고 절망적인 모습이었다. 카메라를 향해 어색하게 웃는 녀석의 미소는 기억을 완전히 잃어버린 표정이었다. 양끝으로 올라간 입꼬리 사이로 흘러내린 침과 가끔씩 장난스럽게 카메라를 향해 주먹을 날리는 알 수 없는 행태들. 더욱 충격적이었던 건, 화면 앞에서 옷을 홀렁 벗은 뒤 대변을 보는 장면이었다. 옆에서 TV를 보던 아내는 어머 어머 세상에를 연발하며 화면 속 덕한이를 바라봤고, 나 역시 넋을 잃은 채 그 모습에서 눈을 떼지 못했다. 덕한이는 마치 사람이 아닌, 길들여지지 않은

짐승 같았다. 퀭한 두 눈과 덥수룩하게 자란 머리카락, 입은 연신 웃는 표정이었지만 어딘가 모자란 듯 비루한 모습이었다. 그야말로 껍데기만 사람이지 행동은 본능에 충실한 동물과 다를 바 없었다. 그런 녀석이 방송에 비춰진 이유는 따로 있었다. 바로 녀석의 허리에 묶인 끈 때문이었다. 마치 사육당하듯 덕한이의 몸엔 포승줄 같은 끈이 단단하게 묶여져 있었던 것이다.

　― 덕한 씨는 이렇게 20년을 살아왔다고 합니다.

　화면 속 성우의 내레이션에 나는 입을 다물지 못했다. 덕한이 부모가 화면에 나왔을 때, 내 기억은 비로소 어린 시절 그 수상했던 시절로 회귀하고 있었다.

　유년시절의 덕한이는 박약한 아이가 아니었다. 약간의 장애라면 장애랄 수 있었지만, 사실 그 정도의 어수룩함은 보통 내성적인 아이에게서 나타나는 특징일 뿐이었다. 그저 다른 친구들과 조금 달랐을 뿐, 어눌했지만 행동이나 말투는 보통 또래들과 다를 게 없었다. 하지만 여느 조직이나 집단이 그렇듯 동네 아이들은 그런 덕한이를 가만히 두지 않았다. 또래 중 덩치 크고 힘센 포식자에게 덕한이 같은 아이는 한낱 먹잇감에 불과했다. 상두라는 친구도 그런 포식자 중 하나였다. 녀석은 포식자 중에서도 가장 힘이 센 친구였는데, 녀석이 그런 덕한이를 가만둘 리 없었다. 상두 부모는 읍내에서 조그만 다방을 운영했다. 그곳엔 다혜라는 갓 스무 살 된 여종업원이 있었는데, 그럴 때면 녀석은 어김없이 덕한이를 불러다 "야, 오늘 다혜 무슨 빤스 입었는지 좀 보고와라." 하며 등을 떠미는 것이었다. 그러면 덕한이는 우물쭈물하다 녀석에게 뒤통수를 얻어맞고는 주뼛거리며 종업원들이 쉬는 숙소 담장을 미리 준비해놓은 나무 상자를 타고 넘어가는 것이었다. 그러면 상두를 비롯한 추종자들은 저희끼리 낄낄거리며 그런 덕한이를 바라봤다. 나 역시 그 당시 추종자들 중 한 명이었다. 하지만 그때마다 나는 덕한이를 보며 마냥 웃을 수가 없었다. 그렇게 웃지 않게 된 건, 초등학교 5학년 무렵 세상을 뜬 아버지 때문이었다.

죽기 전 숨을 헐떡이던 아버지는 연신 제종아… 하며 누군가의 이름을 불렀다. 제종은 덕한이 아버지의 이름이었다.

그날은 생일을 맞은 막내 동생 선물을 사러 시내에 갔던 날이었다. 아버지가 막둥이 선물로 운동화를 집어 들었을 때 어디선가 갑작스레 총성이 울렸고, 모퉁이에서 뛰쳐나온 군인들로 거리는 이내 아수라장이 되었다. 군인들의 사나운 발길질이 이어지자 아버지도 덜컥 겁이나 뜀박질을 했지만 정신이 아득해짐을 느꼈다. 그리고 다시 정신을 차렸을 때, 누군가가 거친 숨을 내쉬며 쓰레기통 안에서 아버지를 끌어안고 있었는데 또렷해지는 시선 너머로 낯익은 얼굴이 눈에 들어왔다. 형님, 잠시만 여기 가만히 계세요. 그가 덕한이 아버지란 사실엔 안심했지만 당시 목격한 상황은 참혹했다. 거리엔 핏물이 낭자했고 사람들은 군인들 손에 이끌려 트럭에 실리고 있었다. "그때 제종이 아니었음 난 여기 있지도 못했을 거여…, 그러니까 니는 덕한이한테 잘해야 헌다, 알겠냐?" 아버지는 죽기 전날까지 그 말을 입버릇처럼 했다. 내가 5학년이 될 때까지도 까맣게 몰랐던 사실이었다. 그런데 간암 말기 판정을 받고 세상을 뜨기 직전에 들은 아버지의 유언은 성경말씀처럼 숭고하게 느껴졌다. 하지만 그때 당시 내가 덕한이에게 해줄 수 있는 건 아무것도 없었다. 예전처럼 포식자들과 함께 약체 생물군을 노리며 상위집단에서 군림할 뿐, 자비나 관용을 베풀기엔 이미 상황이나 분위기는 딱딱하게 굳어진 뒤였다. 그 굳어짐을 유들유들하게 바꿀 수 있는 방법은 없었다. 결국 내가 할 수 있는 건 아이들이 웃을 때 웃지 않는 것과 가급적 덕한이가 아이들 눈에 띄지 않게 다른 곳으로 관심을 돌리는 것뿐이었다. 하지만 그럴수록 포식자들의 횡포는 더욱 심해졌고, 특히 머리가 굵어진 만큼 녀석들의 장난은 도가 지나칠 정도로 변해갔다.

— 어머? 저기 당신이 살던 동네 아니야?

되새김처럼 화면에 그곳 지역이름과 위치가 나타났을 때 아내가 물었다. 나는 당황해 할 이유가 전혀 없는데도 이상할 정도로 혼란스럽고 가슴이 두근거렸다. 그는 분명 예전 내가 알던 그 친구가 맞는데, 그런데도 재차 되묻는 아내의 말에 나는 아무렇지 않은 듯 얼버무렸다.

— 글쎄…, 잘 모르겠는데….

아내는 사과를 네 등분을 나눈 뒤 껍질을 깎는 와중에도 TV 화면에서 눈을 떼지 못했다.

— 끈으로 묶인 20년의 삶은 과연 어떤 삶이었을까요?

화면 속 목소리가 자꾸만 내게 묻는 것 같았다. 소파에 짓눌린 엉덩이는 이미 땀으로 촉촉이 젖어 있었고, 나는 애써 태연한 척 화면을 응시했지만 까다로운 문제를 마주한 학생처럼 표정이 굳어졌다. 덕한이는 여전히 화면 속에서 특유의 퀭한 눈빛으로 주위를 둘러보고 있었다. 덕한이의 부모인 제종이 아저씨는 취재를 하는 리포터의 인터뷰를 처음엔 완강히 거부하다 끈질기게 접촉을 시도하자 어쩔 수 없이 카메라 앞에 섰다. 몰라보게 늙어버린 제종이 아저씨의 쪼그라든 입은 조심스럽게 말하고 있었다. 묶어놓지 않았다면 분명 어디 가서 사고를 쳐도 크게 쳤을 거라고….

나는 방송을 통해 괴리된 채 살아온 덕한이의 지난 시간을 조금이나마 엿볼 수 있었다. 덕한이의 정신이상 증세는 군대를 다녀온 뒤 더 심해졌다고 했다. 그곳에서 어떤 일을 겪었는지는 자세히 알 수 없었지만 입대 후 제종이 아저씨가 덕한이를 다시 마주한 건 국군통합병원에서였다. 녀석은 입원 직전까지 안하무인처럼 손에 잡히는 건 무조건 집어던졌고, 입에 게거품을 문 채 소리를 지르다가도 한순간에 넋을 잃은 사람처럼 잠잠해졌다고 했다. 그런 증세는 부모를 만난 뒤 조금 수그러들었지만, 역시나 격앙된 정신분열 증세는 점점 심해졌다. 병원에 입원할 형편이 못 되어 결국 집으로 데려오긴 했지만 덕한이의 이상 증세 때문에 마을에서도 여러 번 난리를 겪었다고 제종이 아저씨가 말했다.

끈에 묶인 덕한이의 방으로 카메라가 옮겨갔을 때, 사과를 깎던 아내는 입을 가리며 놀라움을 감추지 못했다. 나 역시 굳게 다문 입술이 바람에 열린 문틈처럼 스르르 벌어졌다. 방안 벽이며 바닥은 오물로 가득했고 구석구석 썩어버린 곰팡이와 형체를 알 수 없는 얼룩들이 함부로 길러진 동물의 배설물처럼 남아 있었는데, 더 놀라운 사실은 그렇게 20년을 살았다는 것이다. 20년. 여기서 먹고 싸고 다 해요. 덕한이의 어머니는 모든 걸 체념한 듯 덤덤하게 말했다. 이런 곳에서 생활이 가능합니까? 취재를 하던 리포터도 방송과는 상관없이 좀처럼 이해가 안 간다는 투로 물었지만 덕한이의 부모는 조용히 입을 닫고 있었다. 제종이 아저씨는 리포터의 질문에 잠시 덤덤히 앉아 있다가 한 마디 했는데 그 말이 귓가를 떠나지 않고 맴돌았다. 저 놈을 위해서여…. 그러면서 아저씨는 뭔가 가슴에 복받쳤는지 인터뷰 도중 담배를 입에 물며 방을 나가버렸다.

— 도대체 누굴 위해서라는 거야?

아내는 고개를 갸웃거렸지만 나는 아저씨의 의중을 조금 알 것도 같았다. 그래, 어쩌면 처음부터 그게 더 나은 방법이었는 지도 모른다.

덕한이의 집은 그리 형편이 좋지 않았다. 덕한이 아래로 동생이 하나 있었지만 키울 엄두가 안 나 친척집에 보낼 정도였으니 넉넉한 집안은 아니었다. 그래서 항상 홀로 방치된 덕한이를 종종 목격할 수 있었는데, 문제는 포식자들이 그런 덕한이를 가만두지 않았다는 것이다. 학교에서는 물론 휴일 날 집에 있는 덕한이를 불러내 장난을 일삼았는데 그 중 하나가 바로 다방 종업원이었던 다혜와 연관된 일이었다. 그날도 상두는 다혜의 빤스가 궁금했는지 덕한이에게 몰래 귓속말을 했다. 그리고 귓속말을 전해 들은 덕한이의 표정이 평소와는 다르게 잔뜩 일그러졌다. 다른 날 같으면 거리낌없이 담장을 넘었을 텐데 그날은 유독 머뭇거리며 난감해하는 눈치였다. 새끼야 죽을래? 빨리 안 해? 능글맞게 눈웃음을 짓던 상두가 갈퀴눈을 뜨자 덕한이는 못 이기는 척 담장을 넘었고, 나는 그 모습을 가만히 지켜보고만 있었다. 담을 넘어간 덕한이를 기다리다 묵직해진 요의 때문에 담장 모퉁이를 끼고 돌아나가던 그 순간 다혜의 앙칼진 목소리가 들렸다. 야! 이 개새끼야, 이런 미친 변태새끼를 봤나! 죽을래!? 바닥에 주저앉은 채 우물거리는 덕한이를 본 내가 담벼락에 바짝 붙어 서서 곁눈질을 하고 있을 때 킥킥대며 걸어오는 상두의 목소리가 들렸다. 병신, 걸렸구나, 킥킥…. 나는 눈앞에 벌어진 상황을 좀처럼 이해할 수가 없었다. 하지만 이내 덕한이 손에 들린 도트 무늬 천 조각을 확인하고서야 대충 짐작할 수 있었는데, 자지러지듯 웃어대는 상두 목소리가 그때만큼 야비하게 들린 적이 없었다. 보니까 좋냐? 좋아? 이런 박약아 같은 새끼, 불쌍하게 봐줬더니 아주 질이 나쁜 놈이네 이거! 문제는 거기서 끝나지 않았다. 갓 스무 살 처녀가 내뻗은 두 손과 두 발은 덕한이에게 그리 큰 타격을 주지 못했다. 하지만 그녀와 평상시 친하게 지내던 찰리가 나타났을 때, 상황은 전혀 다르게 전개되었다. 찰리는 인근 미군부대에서 근무하는 주한미군으로 다혜와는 서방 마누라 하며 쪽쪽 팔아대던 사이였다. 그때서야 비로소 나는 상황이 심각해졌음을 직감했다. 실실 웃어대던 상두도 찰리의 등장에 표정이 잔뜩 굳어졌다. 시커먼 두 주먹과 군화가 사정없이 덕한이의 얼굴과 가슴팍에 날아드는 걸 보자 상두 녀석은 꽁지 빠진 수탉처럼 줄행랑을 쳤고, 어쩔 줄 몰라 하던 나는 덕한이 곁엔 다가서지도 못한 채 발만 구르고 있었다. 금세 땅바닥은 덕한이가 흘린 침과 핏물로 진득해졌다. 주변에 있던 동네 어르신 몇 명이 그런 찰리를 뜯어말렸지만 덩치 큰 흑인 미군을 당해내기란 쉽지 않았다. 지나가던 행인들조차 자신들에게 불똥이 튈세라 어쩌지 못한 채 힐끔대기만 할 뿐이었다. 담벼락에 기대 빼꼼 얼굴만 내민 나는 죽사발이 되어가는 덕한이를 망연히 바라보았다. 저러다 죽을 수도 있겠단 생각이 들었을 때 다행히 멀리서 호루라기 소리가 들렸다.

웅크린 채 머리를 긁적이는 덕한이의 손등이 유난히 도드라

저 보였다. 손등 위로 길게 세로로 그어진 상흔. 찢어졌다가 다시 아문 상처는 화면 속 녀석의 손등 위에 고스란히 남아 있었다. 호루라기 소리에도 찰리의 발길질은 멈추지 않았다. 손으로 막다가 찢어진 흔적은 희미해져 있었지만 상처는 여전히 아물지 않고 있었다. 나는 아내가 건넨 사과 조각도 마다한 채 소파에서 일어났다. 안색이 안 좋아진 것 같다는 아내의 말을 애써 피하며 방으로 들어갔다. 침대에 누웠지만 잠은 오지 않았다. 몸은 이상할 정도로 극도의 피로감에 젖어 있었다. 휴일이었고, 체력적으로 힘든 일이 없었음에도 육신은 천근만근 무거웠다. 누군가 내 목을 꽉 움켜쥐기라도 한 듯 금방이라도 숨이 멎을 것처럼 답답해졌다.

— 선생님….

교탁에 서 있던 내가 아득히 정신을 놓고 있을 때 목소리가 들렸다. 나는 고개를 들어 교실 안을 둘러봤다.

— 응?

— 괜찮으세요?

앞줄에 앉아 있던 반장이 안경을 치켜올리며 내게 물었다.

— 어, 그래… 어디까지 했지?

반장은 자신 앞에 펼쳐진 책을 손으로 가리켰다. 가까스로 정신을 차린 나는 책을 들고 칠판 앞에 섰다. 백묵을 든 채 책을 눈으로 훑어내렸다. 칠판 앞 서 있던 나는 잠시 망설였다. 어젯밤 잠을 설친 탓에 의식은 다시 아득히 먼 곳으로 달아났다. 이명처럼 귓가에 들리는 울림에 머리가 아파왔다. 책을 교탁 위에 올려놓은 나는 학생들을 바라봤다.

— 저기…, 오늘은 여기까지 하자. 다음주부터 중간고사니까 남은 시간은 자습하도록….

나는 도망치듯 교실을 빠져나왔다. 최대한 빠른 걸음으로 복도를 가로질렀다. 왠지 토할 것처럼 속이 울렁거렸다.

짙은 주황색 농구공이 골대를 맞고 튕겨져 나오길 반복했다. 남학생들은 붉어진 얼굴로 골대 밑을 분주하게 오가며 손을 뻗었다. 학생들을 바라보며 캔음료를 한 모금 들이켰다. 타탕…. 네모난 백보드에 맞고 튕겨나온 공이 아이들 손에 이리저리 휘둘리다 라인을 벗어난다. 음료수를 마시자 조금 전 일었던 현기증이 차츰 가라앉았다. 교사 생활 15년 동안 한 번도 이런 적이 없었는데…. 자습은 교사로서 자질을 의심케 하는 무책임한 행위라며 항변했던 사람이 누구였던가. 그런 내가, 지금 아이들을 버려둔 채 교실을 빠져나와 있다.

어지럼증은 사라졌지만 두통은 남아 있었다. 어젯밤부터 나는 누군가를 계속 떠올리고 있었다. 20년도 더 지난 일 때문에…. 그 일이 지금껏 지내온 20년을 송두리째 뒤흔들만한 사건이었는지 혼란스러웠다. 끈으로 묶인 채 20년을 방에서 살아온 그 녀석이 여전히 눈앞에서 떠나지 않았다.

마을로 돌아온 덕한이는 끈에 묶이기 전까지 사람들을 위협하며 농작물이며 축사를 모조리 엉망으로 만들어놓았다. 녀석은 어느새 마을에선 위협적인 존재로 변해 있었다. 동네 사람들의 신고로 정신병원이나 복지재단에서 사람들이 오긴 했지만 제종이 아저씨는 매번 그들에게 내쫓듯 말했다. 또 밖으로 내보내진 않을 거요, 우리가 알아서 할 테니 당장 돌아가쇼! 그리고 그 이후, 20년을 송두리째 묶인 채 살아온 덕한이였다. 똥오줌이 가득한 동물의 움집 같은 곳에서 덕한이는 길러지고 키워졌다.

서울로 전학을 온 나는 중고등학교를 지나 교육대학을 졸업한 후 교사가 되었지만 그 동안 잊고 있었던 하나의 기억이 남아 있었다. 그건 망각하고 있었던 것이지 결코 애초에 존재하지 않았던 게 아니었다. 기나긴 망각의 곡선. 어쩌면 나는 무의식중에도 그 기억을 끌어안고 살아왔는지 모른다. 병원체가 긴 잠복기를 거치듯 말이다. 찰리에게 묵사발이 된 뒤 바닥에 널브러진 덕한이를 짊어진 나는, 어쩌면 지금까지 녀석을 끌어안고 걸어왔는지 모른다. 집에 들어서자마자 마루에 녀석을 짐짝 부리듯 내팽개치고 일어서려던 찰나, 바람처럼 귓등에 불어대던 녀석의 입바람을 아직도 기억한다. 돌아봤을 때 녀석은 의외로 웃고 있었다. 밤톨처럼 부푼 거뭇한 눈두덩을 하고 웃는 녀석이 불쌍하고 가여웠지만 한편으론 미치도록 얄미웠다.

─ 병신새끼….

매몰차게 내던진 그 말을 끝으로 나는 도망치듯 녀석의 집을 빠져나왔다. 그 후로 나는 덕한이를 보지 못했고, 20년이 흐른 뒤 방송을 통해 녀석을 만날 수 있었다. 어느덧 나와 녀석은 불혹을 훌쩍 넘긴 나이가 되어 있었다.

"비자금 출처에 대해 함구하고 있는 전 대통령은 여전히 어떤 입장도 내놓지 않은 채…."

TV에선 전직 대통령의 비자금 문제를 운운하며 뉴스를 보도하고 있었다. 하지만 내 귀엔 아나운서의 목소리는 그저 분절된 소리일 뿐, 어떤 내용으로 응축되거나 배열되지 못한 채 들렸다. 아내는 밑반찬들을 식탁에 놓으며 손바닥을 딱 마주쳤다. 그 소리에 나는 잠에서 깨듯 아내를 바라봤다.

— 요즘 왜 그래? 넋 나간 사람처럼.

— 응? 으응….

나는 눈꺼풀을 비비며 젓가락을 집어들었다.

— 몸이 많이 안 좋아졌나봐, 한약이라도 한 첩 먹어볼래?

아내가 팔짱을 끼며 진지하게 말했지만 나는 콧방귀를 뀌며 다시 TV로 눈을 돌렸다. 이젠 제법 노인 티가 나는 전직 대통령의 모습이 보였다. 한때 절대강자처럼 보였던 그는 역사의 심판 앞에 서 있었다. 제종이 아저씨 덕분에 무사할 수 있었던 아버지의 지난 시절, 그는 국민에게 총부리를 겨눈 사람이었고 군부정치의 독재성을 이어받은 인물이었다. 사람들은 그의 군림을 지켜보며 숨죽이고 살아야 했다. 이 땅에서 가장 강한 포식자였던 남자. 시대는 이제 그를 포식자가 아닌 전범(戰犯)과 같은 대우를 원하고 있었다. 하지만 과거 구속되었던 그는 사면됐고, 오히려 자신도 피해자라며 회고록까지 내놓았다. 상층에서 군림하던 포식자는 모든 걸 망각한 채 살아가면 그뿐이었다. 누군가의 상처는 애초에 존재하지 않았던 것으로 간주하면 그뿐, 어떤 반성이나 용서는 없었다.

지난주, 초등학교 동창회에서 우연히 만난 상두 역시 그 시절의 포식자와 다를 바 없었다. 야, 얼마 전에 TV 봤냐? 그 새끼 완전히 망가졌더만, 어쩌다 그렇게 됐냐? 예전 담장 귀퉁이에서 봤던 그 야비한 웃음이 떠올랐지만 그 자리에 있던 어느 누구도 덕한이에 대해 연민을 내보이지 않았다. 그 새끼 원래 그랬잖아, 그렇게 될 줄 알았지, 그래도 방송까지 타고 출세했네, 헤헤…. 솔직히 친구들 반응에 놀랐던 건 그런 말 때문이 아니었다. 태연히 흘러 넘기는 친구들의 덤덤함이 부러우면서도 한편으론 놀라웠던 것이다. 왜 나만 죄의식에 사로잡혀 있었던가? 이런 생각 때문에 나는 일부러 덕한이의 빙충맞음을 몰아세웠다. 맞아, 그때 걔가 좀 모자랐지. 집으로 돌아오는 내내 몸은 무거워졌고 피로는 배로 몰려들었다.

— 이제 당신도 몸 생각할 나이라고…, 아 참! 우리 지난번에 봤던 TV 프로 생각나?

아내는 잠시 내 몸을 아래위로 훑다가 뭔가 생각난 듯 손뼉을 치며 내게 물었다.

— 뭐?

— 왜, 끈에 묶여 사는 남자. 20년을 방 안에만 갇혀 살았다
는… 그, 왜… 이름이 뭐였더라, 그 사람.

아내는 난감한 문제를 접한 학생처럼 미간을 찌푸린 채 생각
에 잠겼다. TV로 향했던 시큰둥한 시선이 아내에게 집중됐다.

— 그 사람 왜….

하지만 급선회하듯 방향을 바꾼 내 눈길은 다시 TV에 맞춰
졌다. 애써 덤덤한 척했지만 등줄기가 이내 후끈해졌다.

— 내 친구 경희 알지? 걔가 사회복지센터에서 일하잖아. 그
런데 그 방송 나가고 신고가 들어왔나 봐. 그 프로 담당 피디가
복지센터로 옮길 방법이 없는지 의뢰를 했대.

시선은 여전히 TV에 고정돼 있었지만 온 신경은 아내에게
로 향해 있었다. 마치 귀로 아내를 보듯 모든 감각이 아내의 목
소리에 집중됐다.

— 그 남자를 위해서 솔루션 프로그램 같은 게 만들어졌는
데 경희도 그 일원이 됐다는 거야. 앞으로 그 남자가 사회에 적
응할 수 있도록 도움을 주는 일을 맡았대. 어때 잘됐지?

나는 그때서야 아내의 얼굴을 바라봤다.

— 그럼 덕한이를 데려가겠다는 거야?

나는 대뜸 큰 소리로 말했다.

— 응? 응…. 아 맞다, 그 남자 이름이 덕한이라고 했어. 당

신 용케 기억하고 있었네?

머쓱해진 나는 한쪽 입꼬리를 살짝 들어보였다. 오이소박이를 입에 문 채 애꿎은 갈치조림만 젓가락으로 뒤적거렸다.

덕한이를 복지센터로 옮기는 일은 쉽지 않았다. 방송 후 사육당하듯 키워진 덕한이를 후원하겠다는 사람들은 많았지만 덕한이 부모는 그들과 생각이 달랐다. 특히 제종이 아저씨는 덕한이가 이렇게 된 게 모두 사람들 때문이라고 했다. 당신들이 이렇게 만든 거요! 아직도 모르겠소? 덕한이는 우리가 알아서 할 테니 썩 돌아가쇼! 제종이 아저씨는 완강했다. 여러 명의 사회복지사들이 아저씨를 설득하기 위해 나섰지만 쉽지 않았다. 아내의 친구인 경희 씨도 솔루션 프로그램의 일원으로 덕한이를 돕고 싶어 했지만 매번 씁쓸히 발길을 돌려야 했다.

경희 씨에게 부탁한 나는 덕한이 집으로 향하는 복지센터 차량에 동석할 수 있었다. 당신, 어떻게 된 거야? 경희 씨에게 내 이야기를 전해 들은 아내가 의아한 얼굴로 물었을 때, 솔루션 프로그램에 지원하게 됐다고 입을 열었다. 학생들에게 조금이라도 모범이 되고 싶어 덕한이를 돕게 됐다고 하자 아내가 물끄러미 나를 바라봤다. 쳇, 같이 TV 볼 땐 관심 없는 척하더니 지금 보니깐 당신 좀 멋있네. 아내가 폭 안겨오자 가슴속 앙금이 조금 풀어짐을 느꼈다. 20년 동안 망각 속 먼지처럼 쌓여온 터럭들이 말끔히 씻겨 내려가는 기분이었다.

— 가시죠, 오늘도 설득하긴 그른 것 같네요.

경희 씨가 한숨을 내쉬며 돌아서려 할 때 나는 묵묵히 서 있기만 했다. 매번 올 때마다 경희 씨 뒤에서, 혹은 문 밖에서 기웃거리기만 하던 내가 뭔가에 홀린 듯 집 안으로 불쑥 들어섰을 때, 제종이 아저씨의 뒷모습이 보였다.

— 종록 씨, 그만 가요.

순식간에 일어난 상황에 당황한 경희 씨가 내 팔목을 잡을 새도 없이 따라 들어왔다. 아저씨 모습은 멀리서 볼 때와는 다르게 무척 왜소해져 있었다. 다부졌던 어깨와 팔뚝은 나이가 든 탓에 삭정이처럼 말라 있었고, 아버지와 함께 밭일을 할 때마다 내 머리를 쓰다듬던 그 환한 미소도 차갑게 식어 있었다. 돌아서던 아저씨가 인기척을 느꼈는지 슬쩍 나를 돌아봤다.

— 뭐요? 썩 돌아가라니까! 당신네들 도움 필요 없데두!

입안이 바싹 타들어가는 기분이었다. 아랫입술을 감쳐물며 제종이 아저씨를 부르려는데, 쉽게 목소리가 나오지 않았다. 나는 덕한이가 있는 방을 눈으로 훑고는 가까스로 목에 힘을 주었다.

— 아, 아저씨….

경계하듯 나를 쏘아보던 아저씨의 눈빛이 조금 흔들리는 게 느껴졌다. 뭔가를 감지한 아저씨의 얼굴이 의아하게 바뀌었지만 여전히 의심스런 표정은 풀지 않았다. 그런 모습에 나는 조금 더 용기 내 아저씨를 불렀다.

— 제종이 아저씨.

내 목소리에 완고할 것만 같았던 아저씨의 하관이 조금씩 벌어졌다. 그리고 얼굴 전체로 번지듯 피어나는 미소에 나는 그제야 한숨을 돌렸다.

— 너일 줄은 꿈에도 생각도 못했네.

방으로 들어온 나와 경희 씨는 진하게 우려낸 녹차를 가만가만 입에 대며 아저씨의 말을 듣고 있었다.

— 아까는 죄송했소. 내가 너무 격앙돼 있어서 말이 조금 심했던 것 같네, 마음 상했다면 미안합니다.

아저씨는 경희 씨를 바라보며 조금 누그러진 표정으로 고개를 숙였다.

— 아, 아닙니다. 괜찮아요.

경희 씨는 들고 있던 찻잔을 재빨리 내리며 손사래를 쳤다. 그 사이 나는 방 안을 곁눈으로 훑어봤다. 오래된 신문지로 덕지덕지 발린 균열 진 황토벽은 금방이라도 주저앉을 것처럼 변색돼 있었다. 방 안에 갖춰진 거라곤 이불을 넣어둔 장롱과 거울이 전부였는데, 특이한 건 방구석 한쪽에 작은 철제문이 달려 있었다. 보기엔 일부러 벽을 뚫어 만들어놓은 것처럼 벽면 주변이 어설프게 뭉그러져 있었는데 거기서 뭔가를 두드리듯 둔탁한 소리가 들렸다.

— 그래, 선생님이 됐다고?

아저씨의 질문에 나는 재빨리 고개를 돌렸다.

— 네, 학생들을 가르치고 있어요.

— 흐흠, 아버지가 살아계셨으면 참 대견해 하셨겠네.

아저씨는 한편으론 뿌듯해하면서도 이내 뭔가 생각난 듯 표정이 어두워졌다. 그는 혼잣말로 낮게 중얼거리다 한숨을 내쉬었다.

— 저놈도 멀쩡했으면… 쯧….

아저씨는 웅얼거리며 말끝을 흐렸다. 흘려 넘긴 그 말이 무얼 뜻하는지 대충 알 것 같았다. 나는 다시 목소리를 가다듬었다.

— 아저씨, 저도 여기 경희 씨하고 같이 도울 게요. 그러니까 덕한이, 한 번만 맡겨보시는 게 어떻겠습니까?

하지만 아저씨는 여전히 묵묵부답이었다. 그때 구석에 달린 철제문이 흔들렸다. 누군가가 안에서 손으로 두드리는 소리 같았다. 이어 괴성 같은 소리가 울부짖음처럼 들리더니 새된 아주머니 목소리가 연이어 들려왔다. 아이고, 이놈아 또 시작이다…. 아저씨는 이마에 손을 짚으며 고개를 숙였다. 그리고 조심스럽게 입을 연 아저씨의 목소리에선 덕한이의 군대 시절 이야기가 흘러나왔다. 나는 이야기를 듣는 내내 가슴을 죄듯 답답함을 느꼈다.

얘기를 들어보니 어린 시절 우리가 덕한이에게 했던 짓은 장난에 불과했다. 약간의 정서불안과 자폐증상은 있었지만 제종이 아저씨는 그냥 체념했다. 군대 가면 조금 달라지겠지 생각했지만 그곳에도 어김없이 상두 녀석 같은 포식자는 존재했다. 더 강하고 악랄한 포식자. 그런데 그런 포식자는 한둘이 아니었다. 어쩌면 그곳에서 덕한이는 선택의 여지가 없었는지도 모른다. 외부로 폭발하든, 내부적으로 스스로 자폭을 하든. 녀석은 둘 다 선택했다.

경계초소에서 야간근무를 끝내고 돌아온 덕한이는 소대원들에게 자신의 소총 방아쇠를 당겼다. 탄창 속에 든 탄알을 모두 소진한 녀석은 수류탄까지 뽑아들었지만 소대장의 재빠른 기지 덕택에 녀석의 뜻대로 이루어지진 않았다. 그곳에 있었던 소대원 절반 이상이 부상을 당했지만 다행히 사망한 병사는 없었다. 군법에 회부된 녀석은 사건 진술서에 이렇게 썼다고 한다. 찰리 같은 놈들, 모조리 죽이지 못해 아쉽다. 왜 그런 말을 했을까? 찰리, 왜 덕한이는 그 순간 찰리를 떠올린 걸까? 녀석의 온전한 정신 상태는 그때가 처음이자 마지막이었다. 정신이상 판단을 받은 녀석은, 지금 끈에 묶여 철제문을 두드리고 있었다.

아저씨는 고개를 숙인 채 물에 젖은 듯 무거워진 음성으로 말했다.

— 이게, 옳은 일이야….

철제문은 계속 흔들리고 있었다.

— 아시는 사이였는지 몰랐네요.

경희 씨는 조심스럽게 내 눈치를 보며 말했다.

— 네? 아, 네….

나는 차량이 있는 곳까지 걸어가는 내내 아저씨의 말을 곱씹었다. 이게 옳은 일이야. 덕한이는 처음부터 저곳에서 나오지 말았어야 했을까. 아직 세상에 나올 준비가 안 된 작은 새처럼, 알에서 나오지 않았다면 저렇게까지 되진 않았을지도…. 나는 일부러 녀석을 보지 않고 집을 빠져나왔다. 어차피 덕한이를 본다한들 달라질 건 없었다. 어쩌면 내 손으로 끈을 풀어줄수 없다는 사실에 덜컥 겁이 났는지도 모른다. 나 역시 녀석에게 포식자였다는 사실을 아저씨는 여태 모르는 눈치였다. 이상한 건, 그 사실에 더 화가 나고 가슴이 답답해졌다. 그러면 덕한이는 그동안 아저씨에게 아무 말도 하지 않았다는 건가.

'네가 찰린가 뭔가 하는 그놈한테 두들겨 맞은 덕한이를 들쳐 업고 왔다는 거 안다. 그 말을 듣고 내가 얼마나 고마웠던지…. 시내에서 네 아버지를 도운 일이 그때만큼 뿌듯했던 적이 없었어. 정말 고맙구만…, 아직까지 잊지 않고 덕한이를 생각해주니 말이야.'

현기증 때문에 눈앞이 어지러웠다. 나는 잠시 이마에 손을 짚고는 걸음을 멈추었다.

— 어머, 종록 씨, 어디 안 좋으세요?

경희 씨는 슬쩍 내 팔목을 잡았지만 나는 괜찮다고 말했다. 머릿속이 실타래가 풀린 듯 복잡해졌다.

어쩌면 녀석의 허리에 묶인 끈은 탯줄 같은 것인지도 몰랐다. 끊어지면 영원히 복구할 수 없는 생명줄 같은 것인지도. 혹시 내가 일부러 그 끈을 자르려고 덤벼든 건 아닐까? 나를 위해서, 오직 나만을 위해서. 그렇다면 나는 정말 이기적인 인간이다. 그래, 아저씨 말이 맞는지 모른다. 세상에 던져지면 덕한이는 또 다른 포식자를 만나게 될 것이다. 그러면 또 그 같은 악순환이 반복되겠지. 아니면 더 악화될지도.

그날 밤, 나는 꿈에서 덕한이를 보았다. 사십이 다 된 녀석은 미소 띤 얼굴로 조용히 내게 다가왔다. 끈에 묶인 채 마루까지 나온 녀석은 내 귀에 입바람을 불며 장난을 치다 다시 방 안으로 들어가버렸다. 덕한아, 이름을 불렀지만 철제문은 굳게 닫혔고 알 수 없는 괴음이 쇳소리처럼 들려왔다. 뭔가를 긁어대는 소리였다.

— 이덕한 씨, 복지센터로 오게 됐어요.

전화 속 경희 씨 목소리는 조금 들떠 있었다. 나는 수화기를 든 채 아무 말도 하지 못했다. 왠지 모르게 가슴이 벅차올랐고, 몸이 하늘로 날아갈 만큼 가벼워졌다.

— 아무래도 우리가 다녀간 날, 아버님께서 생각을 많이 하신 것 같더라고요. 종록 씨 덕분에 일이 잘 마무리됐어요. 여기 사람들도 고맙다는 말 전해달래요.

전화를 끊자 나는 불현듯 꿈속에서 봤던 덕한이 모습이 떠올랐다. 입바람을 불던 녀석. 어린 시절 내게 곧잘 그렇게 장난을 치던 녀석이었다.

학교 일 때문에 자주 솔루션 프로그램에 참여할 순 없지만 복지센터로 옮긴 덕한이를 가급적 자주 만나 볼 생각이다. 복지센터로 덕한이를 보낸 날, 제종이 아저씨는 내 손을 꼭 잡으며 말했다.

― 우리 덕한이, 잘 좀 부탁한다.

나는 아저씨의 손을 마주잡는 것으로 대답을 대신했다. 다시는 놓지 않을 겁니다. 단단해진 아귀힘이 충분히 아저씨에게 믿음을 주었을 거라 생각했다. 1년 뒤 아저씨 내외는 고향집을 떠났다.

― 어디 할 차례지?

중간고사가 끝난 후, 처음으로 덕한이를 만나러 갈 생각에 들뜬 나는 교과서를 펼치며 학생들에게 물었다.

― 맹자 사단 할 차례입니다.

반장이 교과서를 펼치며 내게 진도 나갈 부분을 알려줬다.

― 맹자 사단, 측은지심부터구나. 측은지심….

나는 잠시 측은지심이란 말을 입속으로 되뇌었다. 측은지심. 고교시절부터 교사가 된 지금까지 나는 그 말의 속뜻을 알지 못했다. 측은지심, 불쌍하게 여기는 마음. 나는 칠판에 천천히 그 뜻을 적어나갔다.

복지센터로 가기 전, 나는 덕한이가 살던 집에 잠시 들렀다. 집은 사람을 품은 지 오래되어 추레하게 낡아 있었고, 구들장은 군데군데 뚫려 허름하게 변해 있었다. 제종이 아저씨와 아줌마가 떠난 집은 과거의 시절을 간직한 채 그대로 멈춰 있었다.

덕한이는 다행히 하루하루 몰라보게 달라져갔다. 이제는 제법 의사표현도 할 수 있게 되었고 타인의 말도 곧잘 이해하는 듯 보였다. 경희 씨는 앞으로 몇 달 뒤면 사회생활 하는 데도 별 무리가 없을 거라고 했다. 나는 틈틈이 녀석을 찾아가 잃어버린 기억을 찾을 수 있도록 도와주었다. 무의식 중에 사라진 기억을 다시 머릿속에 되새기는 건 중요한 일이라고 했다. 끊어진 망각 곡선을 잇는 훈련. 처음엔 힘들고 어려운 일이었지만 지금은 다행히 모든 걸 기억하는 눈치였다.

나는 녀석이 갇혀 있었던 철제문 앞으로 다가갔다. 20년 동안 꽁꽁 묶인 채 보냈던 덕한이 방을 보고 싶었지만, 그만두었다. 왠지 별 의미가 없어보였다. 시선을 거둔 나는 다시 하늘을 바라봤다. 가을 냄새가 바람에 이끌려 솔솔 불어왔다.

— 여보, 뭐해? 덕한 씨 보러 안 가?

나는 손을 흔들며 아내에게 걸어갔다. 오늘, 어떤 기억을 불러내볼까? 망각 속에 자리한 수상했던 그 시절을 말이다.

수상 소감

작년부터 올해 초까지 우리는 많은 변화를 겪어왔다. 비로소 촛불로 하나된 물결은 세상을 바꾸었고, 지금도 변화를 갈구하고 있다. 그 모습을 지켜보면서 떠오른 생각은, 간절히 바라면 이루어진다는 것이다. 촛불은 약하고 힘없는 자들의 외침이었다. 오히려 폭력이나 힐난이 없어 그 파급력은 더 컸다. 간절했지만 서둘지 않았고, 대규모 인파가 모였지만 충동적이지 않았다. 우리는 끝까지 평화적이었다. 결국, 촛불은 바람에 꺼지지 않았다.

전태일문학상의 취지는 지금처럼 변화의 바람에 부합하는 상이라고 생각한다. 약자들 편에 서서 그들이 목소리를 낼 수 있게끔 용기를 주는 공모전이라는 생각에 응모하게 되었고, 이렇게 좋은 결과를 주셨다.

심사를 해주신 심사위원님들과 전태일재단, 경향신문사에 고개 숙여 감사드린다. 또한 작품을 발표할 기회를 주신 것에 거듭 고마움과 감사를 전한다. 부모님을 비롯해 가족, 친구들, 함께 글을 써온 문우들에게도 고맙다는 말을 전하고 싶다. 더 좋은 작품을 쓰기위해 정진하겠다.

검은 아버지들 외

·

이온정

이온정

강원 정선 출생 • 2017년 5·18 문학상 신인상 시부문 수상

검은 아버지들

그때 그곳의 가장들은 모두 얼굴이 검었다 지하가 어두웠고 무거운 지하의 힘으로 나라도 사람들도 살아가는, 도처가 검은 색으로 발광하던 때였다

여자들은 땅속에서 올라온 탄 덩이와 돌을 분간해내는 선탄부 일로 검은 화장일색이었다 다른 곳보다 검은 밤이 더 길었던 곳, 갱부의 헬멧엔 아스라한 은하의 별들이 매달려 있었지만 별들이란 꼭 멀리 있는 게 아니어서 눈앞의 어둠을 밝히는데도 급급했다

굳세게 달려간 은하 갱도 650,* 등에 걸머진 동발을 막장마다 세우고 금길 뚫는 발파쯤은 서슴지 않는,

은하계로 가는 길은 좁고도 멀었다

검은색은 힘이 세었고 흰색은 비웃음거리에 불과하던 시절, 광산미鑛山米**와 가다오리***로는 성에 안 차는지 얄팍한 간주마저 뭉텅뭉텅 잘라 먹다 끝내는 이색의 동색이 혈전을 벌이던 곳,

방진 마스크를 쓴 아버지들의 채굴기, 지금도 깊은 갱도 하나씩 숨결 사이에 숨겨놓고 육탈의 끄트머리에서 컹컹 검은 기침을 하며 별무리처럼 허공에 떠 있는 것이다

* 갱의 수.
** 광부들에게 월급 대신 공급하는 가장 품질이 낮고 값싼 쌀.
*** 한 주마다 갑, 을, 병방 순서로 교대하다 주휴일이 안 날 때는 잇달아 하는 근무.

함성

천수만 씨 귀에는 삼십 년도 훌쩍 넘게 함성이 살고 있다 처음에는 양쪽 귀에 살다가 어느 날부터는 한쪽으로 몰렸다, 몰렸다, 혼자가 아니라는 말이다 그러나 그는 긍정적인 사람, 그 소리를 알람으로 사용했으며 어느 때는 신나는 음악으로도 사용했다 인정 많은 수만 씨, 소란스러운 한쪽 귀에다 소들을 묶어두고 수만 평 대지에 훌쩍훌쩍 씨를 뿌렸다, 소리 없이 사라진 이름을 골라내곤 나직이 불러보기도 했다 우직하고 천진한 이름들, 고삐를 풀고 나온 시간들, 푹푹 빠지는 봄이 논을 방문한 계절, 소 굽을 따라가다 멈칫한 고랑엔 몰려서 말라가는 빗물이 고여 있다

천수만 씨 머리가 한쪽으로 기우뚱 쏠린 이유는 함성이 무거워서이며 한때 스크럼을 짰던 어깨들이 여전히 윙윙거리며 고함을 질러대기 때문이다 곡괭이는 너무한다 싶어서 곡괭이 자루만 들었고 우르르 쏟아지던, 눈에 보이지도 않던 치명들이며 함성들 사이 자욱하게 연막을 치면 한창 피어오르는 꽃봉오리들 연기에 눈물져 오므라들고 더러 천둥을 동반한 작달비가 장미꽃 시들어가는 골목집 담장을 황급히 두드리며 지나갔다

넝쿨처럼 엉켜 있는 고함소리, 아무리 털어내도 빠지지 않는 난청의 봄,

천수만 씨 귀에는 광장이 있고 깃발이 펄럭이고 지지직거리는 주파수가 있다 무슨 말인지 알 수 없는 주파수의 볼륨을 높여 그날의 서슬에 귀를 기울이면 어지러운 달팽이 속에서 천수만의 길고 습한 사연들을 또 훌쩍훌쩍 빨아들이는 그때의 함성들, 모두 천수만 씨의 귓속으로 묻혔거나 여전히 피신 중이다

소나기

　우리 동네 남동상회 주인 남동팔 씨는 지독한 구두쇠다 전라도 어디에서 나긋나긋한 철근 노동일 하다가 두 다리에 시큰시큰한 철근 박아넣고서 충청도하고도 묵사발 유명한 구즉*에 허름한 가게 열었다

　주위엔 쇳가루에 묻어온 마파람이 말뚝 박을 곳 두리번거리다 우뚝 선 참나무 몇 그루 있고 언저리로 밀린 잿빛구름이 햇살에 항변하는 담채화 같은 풍경의 어정쩡한 구멍가게

　알밤 같은 꿈이 수북한 바구니 마을, 하루 매상의 삼분지 일은 외상이다 두꺼운 치부책 속엔 막걸리와 소주, 새우깡 같은 잡화의 목록과 오후를 공친 궂은 날씨가 빼곡히 적혀 있다 한창 개발 중인 공사장, 검지 마를 새 없이 침을 발라 대각선 장대를 무더기로 세우는 인부들, 외상명부에 빗금을 그으라는 무언의 신호에 땡볕 호박잎 갸우뚱 시든다

　소나기를 피할 방법은 없는 걸까, 사철 우기인 그에게 변변한 우산 하나 없으면서 더 안타까운 건 소나기 죽죽 내린 온갖

장부 명목에 가위표를 만들어낼 어긋난 심사마저 없다는 것,
얼마 전, 남동풍으로 이름을 바꾼 그는 소나기 밀집한 신도시
이야기를 듣고 바람 따라 이름 따라 ×표 보증하는 한철 장사
떠났다는 후문이지만 치부책 속 빽빽하게 내리던 소나기들은
얼추 개었는지 궁금하다

* 대전 유성의 묵마을.

묵

묵은 펄펄 끓는 것으로 살고
차갑게 식는 것으로 죽음이다

어디에 부어지든 그곳이 관이다
묵에겐 생전의 모습이란 없다
관의 모습으로 굳고 단 하나의 뼈도 없으면서
그 야들야들한 골격을 유지한다

저처럼만 같아라

한때, 앙금의 힘으로 버텨야 하는 날들이 있었다면
가파른 여름의 끝에서 끈덕지게 달여야 미끈하던 응어리
엄지손가락이 푸른 물로 고여든다
이렇게 조심스러운 끼니가 있을까
이처럼 힘없는 낭패가 있을까

작물의 대궁들이 허리까지 숨기면
못 박힌 손길이 더욱 바빠진다

풋 여문 알들,
우리들의 공복은 무르익을 때를 기다린다

구부러지고 늙은 뼈를 화장한 뒤
묵 한 사발씩 시켜놓고
컬컬한 울음의 뒤끝을 꿀꺽꿀꺽 삼킨다
죽은 목숨이든 산목숨이든 젓가락으로 집는 묵은 생물이다
관을 뜰 때 묵을 집듯 조심 또 조심스러운

저 묵만 같아라

열매에서 가루가 되고
가루는 끓어서 다시 사발에 담겨 굳어가는
저 묵만 같아라

몇 백 미터 땅속을 뒤지던 아버지는 고작 몇 미터도 안 되는 땅속에 지금은 누워 계신다. 비단 아버지뿐만 아니라 기대고 뭉쳐 살던 일가친척들 대부분이 그렇다. 그래도 검은 땅, 척박한 공기가 아니어서 무덤 근처엔 그 그악스럽던 기침소리 하나 없다. 그래도 그만한 일 없다고 한 다리 건너고 건너 소개까지 한 직업이었지만 개중엔 얼마 버티지 못하고 도망치듯 빠져나오는가 하면 두 개의 하늘을 이고 살던 막장 인생을 결국 갱내에서 마감하기도 했다.

돌처럼 굳어가는 폐, 기침과 숨이 턱까지 차오르지만 가망이란 이렇게 먼 소식일 수가 없어 지금껏 절망 속에 있는 검은 아버지들, 한때는 자랑스러운 산업 전사로, 정의로운 노동항쟁 농성자로 어두운 역사를 밝혀 썼으나 예나 지금이나 정해진 공간에 갇혀 비참하게 살기는 마찬가지다.

상처가 너무 커서 몸 어디에도 집 지어줄 벽돌이 없고 그 어떤 벽돌로도 힘을 낼 수 없어 시들시들 보내는 세월을 날고 싶은 아버지들, 참으로 애정이 각별한 검은 아버지들을 떠올리며 소나기쯤이야 개의치 않고 함성을 질렀고 가끔은 언어로 지은 노동의 집이 묵사발이 되기도 했지만 고치고 고쳐 탄생한 집들에 빛을 씌워주셨으니,

심사위원님들 감사합니다.

늘 격려와 응원을 해주는 가족과 당시의 일들을 생생하게 일러준 강원도의 친지, 모두에게 검은 아버지들의 보살핌이 있기를.

어느 '도시 유목민'의 일기

2017년 2월 20일~6월 30일

•

윤성환

윤성환

1992년생 • 역사를 공부하고 있는 시민 • 〈오마이뉴스〉 시민기자(2012~) • 현재 블로그 '다르게 생각하는 글방' 운영 중 • 아나키즘에 관심이 많다.

일러두기

* 이 응모작은, 제 일기 중 2017년 2월 20일부터 6월 30일까지의 기록 가운데 응모 주제에 해당되는 날짜의 기록만 발췌한 것임을 밝혀둡니다.

* 일기 내용 중 인명·기관명·단체명·회사명 등은 실명 그대로 두었음을 밝혀둡니다.

* 저는 제 일기의 일부 내용을 토대로 지난 5월 28일, 〈오마이뉴스〉에 「"나라면 금방 하겠네"…대표 말에 동료가 잘렸다」라는 기사를 게재한 바 있습니다. 그래서 이 응모작의 내용 중 당시의 기사 내용과 부분적으로 중복되는 부분이 있음을 밝혀둡니다.

2. 20

마침내 전역했다. 지난 21개월의 군 생활 기간을 한마디로 정리하자면 '나를 잃어버린, 또는 나를 잃어야만 했던 시간'이라 할 수 있을 것이다. 자유와 자율, 해방이 없는 시간은 나를 상실하게 만들 뿐이었다. 그래서일까. 오늘 집에 돌아와 군 입대 전에 읽었던 책들을 펴보니 그 내용이 머릿속에 하나도 떠오르지 않았다. 마치 처음 읽는 책 같았다. 군 입대 전 주변에서 군대 다녀오면 '머리가 굳는다'고들 농담하더니 그 말이 맞는 것 같다. 그나마 의경으로 복무한 탓에 개인 공부 시간이 주어졌던 점이 다행이라고나 할까. 그나저나 당장 앞날이 걱정이다. 며칠 전 휴가 때 면접 본 학원에서 연락이 전혀 없다. 이제 전역했으니 학자금 대출금도 갚아나가야 하고, 대학원 진학에 필요한 비용도 저축해야 하는데 말이다. 아무튼 사지육신 멀쩡한 젊은 놈이 집 안에 틀어박혀 어머니의 부양을 받는 최악의 상황만큼은 면할 수 있기를 바랄 뿐이다.

2. 22

대구시민센터에 다녀왔다. 대구시에서 청년들에게 시민단체에서 인턴신분으로 활동할 기회를 주고 활동비까지 지급하는 대구청년NGO활동지원사업에 지원해 면접을 보기 위해서였다. 그런데 저녁 무렵 시내 나가는 길에 내가 지원한 분야(협동조합·사회적 경제)의 시민단체와 매칭이 되지 않아 탈락했다는 문자가 왔다. 한편, 시내에선 진석이 형, 현우와 만나 대구시민공익활동지원센터에서 역사학자 이이화 선생의 친일파 관련 강의를 듣고 왔다.

2. 24

그동안 여러 군데 학원이나 교습소의 영어강사 면접을 보러 돌아다녔지만 모두 떨어졌다. 어떤 곳에서는 경험이 없다는 이유로, 어떤 곳에서는 내 시강에 트집을 잡아, 어떤 곳에서는 남자 강사라는 이유로 전임강사로 써주지 않았다. 대신 파트강사 쪽으로 권유하는 곳도 있었지만 급여가 형편없어 지원하기가 싫었다. 이제 더 이상 학원 쪽으로 알아보는 일은 포기해야 할 것 같다. 다행히 오늘 대구박물관 계약직 채용 공고가 났다. 비록 9시에 출근해 6시 퇴근이라 일과 내 공부를 병행하기에는 벅차지만, 급여가 150만 원이라 계약직치고는 나름 괜찮은 편이므로 지원서를 냈다.

2. 25

오늘 중앙로 대중교통전용지구에서 열린 17차 촛불집회는, 참가자 수가 3천 명에 그쳐 시국의 엄중함을 고려할 때 아쉬움을 던졌지만, 얌전하다는 인상을 주었던 이전 집회 때의 행진과 비교해보면 확실히 열기가 고양된 면이 있었다. 예컨대 행진할 때 선두건, 중간이건, 후미건 참가자들은 "박근혜를 구속하라"는 구호를 쉬지 않고 외쳤다. 다만 행진을 멀건이 바라보는 시민들의 표정에서 아쉬움과 답답함을 느꼈다. 간혹 행진대오를 쳐다보는 사람들도 있었지만 대부분은 외면하거나, 방관하는 듯 했다. 탄핵 이전 최대 5만 명까지 모였다던 대구의 촛불들은 지금 다 어디로 간 걸까? 한편, 다음 촛불 때에는 "이명박도 구속하라"를 꼭 외쳐야겠다.

2. 28

대구박물관 계약직 면접에서 떨어졌다. 총 4명을 뽑는데 8명이 서류전형에서 합격했으니 경쟁률은 2:1에 불과했는데도 말이다. 사실 면접 때 면접관 중 한 분이 내게 평소 생각이 많은 성향인 것 같다며 만일 채용될 경우 하게 될 일은 단순 작업인데 괜찮겠느냐는 질문이 나왔을 때, 순간 나는 '채용이 안 되겠구나'라고 직감했다. 결과는 직감 그대로였다. 좀 더 세련되고 재치 있게 답변했더라면 하는 아쉬움도 들었다. 하지만 현재로선 다른 일자리를 알아보고 지원하는 수밖에 별 도리가 없다.

3. 3

지난번 면접을 보았다가 떨어졌던 대구시민센터에서 오늘 전화가 왔다. 대구쪽방상담소에서 5개월 계약직 인턴으로 일해보지 않겠냐는 것이었다. 청년NGO활동지원사업에 지원해 채용된 인원 중 한 명이 그새 그만둔 모양이었다. 사실 다음 주 화요일에 대구문화예술회관에 계약직 면접 일정이 잡혀 있는 상황이지만, 하겠다고 말했다. 비록 내 전공과 관련이 없고 월급은 적지만, 왠지 의미 있는 일일 것 같다는 느낌이 들었기 때문이다. 어쨌든 이제 드디어 백수 탈출이다.

3. 4

오늘 17차 대구 시국집회는 가수 김장훈 씨가 공연하면서 열기와 분위기가 고조됐다. 또 어쩌면 마지막 촛불이 될지도 모른다는 점에서 주최 측의 제안에 따라 시민들끼리 서로 인사하며 마무리했다. 종전과 달리 현수막 넘기기 등 퍼포먼스 역시 진행됐다. 구호 역시 다양하게 나왔다. 지난 집회 때처럼

"박근혜를 구속하라" 구호뿐만 아니라 "세월호를 인양하라", "우병우를 구속하라", "재벌을 해체하라", "이명박도 구속하라" 등의 구호를 외쳤다. 이 중 뒤의 2개 구호는 내가 선창했는데, 참가자들의 반응이 신통치 않아 아쉬웠다. 한편, 나는 오늘 집회에서 내 자신에게 다음과 같은 물음을 던지게 됐다. "나는 진도 팽목항 한 번 다녀온 적이 있는가?"

3. 10

오늘, 누군가는 말했다. "이제야 박정희 시대, 유신시대가 끝났다"고. 나 역시 이 말에 동의한다. 물론 아직 갈 길이 험난하고 산적한 과제가 수북하지만, 적어도 오늘만큼은 이 말을 한 번 외쳐보고 싶은 것이다. 다만 김수영의 말처럼 혁명은 방법부터 혁명적이어야 할진대, 과연 오늘의 탄핵이 혁명으로 발전할 수 있을지는 아직 판단하기 어렵다. 이는 오로지 시민들의 역량에 달렸다. 오늘 헌재는 어디까지나 재벌자본의 편에서, 보수적 입장에서 탄핵 결정을 내렸다.

3. 14

오늘 쪽방상담소에서 일을 시작한 이후 처음으로 쪽방 현장에 다녀왔다. 역이나 터미널 주변, 주택가 골목을 지나다 '여인숙'과 '모텔' 상호가 적혀 있어 무심코 스쳐 지나가게 되는 허름한 그곳에 가난과 소외와 질병에 찌든 삶들이 있었다. 어두

컴컴하고 퀴퀴한 냄새가 나는 복도에 다닥다닥 붙어 있는 목제 문을 두드리자 목욕, 세탁, 냉난방, 취사 등 인간의 기본 생활은 전혀 불가능해 보이는 비좁은 방과 할아버지가 모습을 드러냈다. 비위가 약한 사람들의 경우 봉사활동을 위해 이곳에 왔다가 간혹 토하는 경우도 있다고 했다. 이곳에서 나는 오늘 우리 사회의, 자본주의의 진짜 몰골을 보았다. 지금 우리 사회에 굶어죽는 사람이 없다는 말은 거짓 신화일 뿐이다! 우리가 살고 있는 사회가 얼마나 허구적이고 허위로 가득 찬 것인가라는 생각이 뇌리 속을 떠나지 않았다. 인간이 살아가는 데 있어 가장 우선적인 권리는 '생존권'일 것이다. 어쩌면 생존권은 기본권보다도 더 앞서는 권리일 것이다. 돈이 없다는 이유로, 또는 몸이 좋지 않아 일을 할 수 없다는 이유로, 또는 그 밖의 다른 이유들로 인해 생존에 필수적인 주거, 식사, 의료 등에서 배제되어서는 안 될 것이다. 앞으로 우리는 무엇보다 공공 시스템 혹은 체제에 의해 '생존권'이 보장되는 사회를 구축해야 한다. 왜냐. 우리 모두 삶의 과정에서 마주하게 되는 다양한 사연으로 인해 언제나 벼랑 끝으로 몰릴 수 있기 때문이다.

3. 16

쪽방상담소에서 일하면서 새삼 알게 된 사실은 수급자가 마치 특권자인 양 취급받는 게 우리나라 복지 현실이라는 점이다. 수급자가 되는 과정에서나, 되고 난 이후에나 이 점은 동일하다. 아마 이 점은 빈곤층을 바라보는 우리 사회의 시선과 맞닿아 있을 것이다. 며칠 전 만난 친구 민우는 내가 쪽방상담소에서 일한다고 하자 내게 "그런 곳에 사는 사람들은 다 그만한 이유가 있는 것 같더라"고 말했다. 사실 이 말이 쪽방에 사는 사람들이나 빈곤층을 바라보는 우리 사회의 평균적 시선일 것이다. 이런 인식 수준에서 벗어나지 못한다면 우리 사회의 보편적 복지나 사회안전망 구축은 앞으로도 불가능할 것이다. 한편, 오늘 대구중앙도서관 홈페이지에 접속했다 계약직 사서 1명을 뽑는다는 모집 공고를 보았다. 주5일제에 사서자격증이 없는 경우 월급이 160만 원이니 계약직치고는 월급이 꽤 높은 편이었다. 진작 확인했더라면 나도 지원할 수 있었을 것이라는 아쉬움이 밀려왔지만, 서류전형을 통과해 면접대상자로 선발된 지원자만 25명이라는 면접공고를 확인하고는 기가 막혔다. 올 연말까지 근무하는 계약직 한 명을 뽑는데 무려 25명이 지원했다는 게 말이 되는가?

3. 18

오늘 나는 반월당에 있는 대구문화체험여행사에서 면접을 보고 주말 여행가이드 아르바이트를 하기로 했다. 지금 급여 수준으로는 학자금 대출금과 적금을 감당할 수 없으니 주말에도 일을 해야 하는 상황이기 때문이다. 그간 이런저런 주말 알바를 알아보던 중 여행 가이드 일이 가장 마음에 들었다. 내가 좋아하는 여행을 하면서 돈을 벌 수 있는 점과 함께 일당 역시 10만 원이라 높은 편이었기 때문이다. 특히 내가 지원한 곳은 가족 단위의 국내 체험여행 위주이고, 그 중 역사 체험여행 상품도 들어 있어 내 전공을 살릴 수 있는 점 역시 마음에 들었다. 다만 조건이 하나 있었다. 처음 세 번은 급여 없이 점심식사와 교통비 1만 원만 제공되며 가이드와 동행해 일을 배워야 한다는 것이다. 또 신청 여행객이 25명 이상이 될 때만 관광버스가 출발한다고 했다.

3. 26

어제 서울 국립중앙박물관으로 여행 가이드 실습을 다녀왔다. 총 40명가량 되는 가족 단위의 여행객들이었는데, 역사 체험여행인 만큼 학부모와 아이들이 대부분이었다. 나는 새벽 4시 30분에 기상해 택시를 타고 집결지인 이마트 시지점 앞에 가장 먼저 도착했다. 10분 정도 기다리자 관광버스가 왔다. 5시 30분, 마침내 버스가 대구를 출발했고 오전에는 관광객들에게 자유 관람시간을 준 뒤 오후에는 본격 가이드 일이 시작됐다. 나는 동행한 가이드로부터 몇 가지 주의사항과 여행객들을 위해 챙겨야 하는 팁들을 메모해가며 익혔다. 집에 돌아오니 밤 10시가 훌쩍 넘어 있었다. 여독이 쌓였는지, 투잡을 뛰어서인지, 피곤해서 오늘 하루 종일 집에 드러누워 있었다.

3. 27

오늘 주환이 형을 만났는데, 형으로부터 전역 이후 에버랜드 공연단에서 계약직으로 일하다 한때 정직원으로 채용됐으나 한 달도 채 되지 않아 정리해고당한 사연을 들을 수 있었다. 형이 정리해고당한 까닭은 '최순실 사태' 때문이라 했다. 이에 나는 의아해서 물었다. "아니, 최순실 게이트는 이재용을 비롯한 삼성 수뇌부가 잘못한 것인데, 왜 난데없이 아무 관련 없는 말단 직원들이 정리해고를 당했느냐"고. 그러자 형의 대답은 이러했다. 삼성전자를 제외한 삼성 계열사들은 인력감축을 통한 수익 확대의 기조를 이미 훨씬 전부터 유지해왔는데, 때마침 최순실 사태가 터지자 회사 측에서 이를 '구실'삼아 정리해고 방침을 실현해버렸다는 것이다. 그 과정에서 에버랜드 공연단 스태프로서 10년 넘게 일했을 뿐만 아니라 처자식이 딸린 30, 40대 가장들이 잘려나갔고, 그나마 본인은 나이가 27세라는 점에서 나은 편이었다고 했다. 지금 청년들이 공무원이나 공기업 취직에 그토록 매달리는 것도 이런 까닭 때문이 아니겠냐고 했다. 이것이 현재 한국 재벌 대기업의 민낯이자 죄악이며, 우리 사회의 실상을 보여주는 한 토막 일화라 생각해 지금 여기에 기록해둔다.

3. 29

우리는 대구역 앞을 지날 때 대구역과 롯데백화점의 높다란 건물만 바라볼 뿐, 그 뒤의 노숙인센터는 알지 못한다. 오늘 나는 쪽방상담소 직원분과 함께 노숙인센터를 다녀왔다. 대구역 뒤 철길 가 벽돌건물 3층에 있는 노숙인센터에 들어서자 마침 사무실 안에서 배식되는 점심식사를 복도에서 기다리고 있는 노숙인과 주변 쪽방 거주민들의 긴 줄이 늘어서 있었다. 또 이 센터 내에는 노숙인들을 위한 샤워시설과 세탁기를 갖춘 휴게실도 있다고 한다. 나는 쌀을 전달하기 위해 오늘 잠깐 이곳을 들렀을 뿐이지만, 사무실 안에서 식사 배식이 이루어지는 열악한 환경이 눈물겨웠다. 노숙인들은 왜 이런 취급을 받아야 하는가? 그들 역시 어엿한 식사 공간에서 배식과 식사를 할 수 있어야 할 것 아닌가? 공간이 좁으니 어쩔 수 없다는 건 말이 안 된다. 정부 차원에서 예산 지원을 해서 '센터'에 걸맞게 공간을 마련하고, 지원정책을 적극적으로 펼쳤어야 하는 것 아닌가?

3. 30

쪽방상담소에서 근무하다보면 하루에 적어도 한 통 이상(물론 그렇지 않은 경우도 있지만), 쪽방 거주민 중 반찬지원, 생계지원 가능 여부를 묻는 문의전화가 오는 경우가 있다. 그런데 문제는 쪽방상담소에서 지원 대상으로 정한 여관, 여인숙, 모텔이 아닌 곳에 거주하는 사람들에게는 생계지원이 안 된다는 점이다. 후원물품이 무한정 있는 것은 아니니, 쪽방상담소

사정도 충분히 이해는 되지만, 한편으로는 여러모로 아쉽고, 쓸쓸하고, 마음 아픈 일이 아닐 수 없다. 이게 또 한국 사회 복지 현실의 한 장면이다. 게다가 '지원이 안 된다'며 거절하는 말을 전화상으로 내가 해야 하니 마음이 참 무겁다.

3. 31

전역 후 대구 청년NGO활동지원사업에 참여하여 쪽방상담소에서 근무한 지 한 달이 다 되어간다. 나는 단체 매칭이 뒤늦게 되어 다른 활동가들에 비해 일주일가량 늦게 일을 시작했고, 그런 탓에 어제 받은 월급 역시 정해진 금액보다 적게 나왔다. 4대 보험 떼고 116만 원가량이다. 정해진 월급(140만 원)대로 해도 거기서 4대 보험 12만 원을 떼고 나면 역시 128만 원이다. 최저시급이 작년보다 조금 올랐지만, 그에 맞추어 4대 보험료 역시 덩달아 인상되는 마법 때문에 실수령액은 거의 작년과 다를 바 없이 됐다고 한다. 사실 이런 정도의 금액으로는, 학자금 대출금 일부를 갚고, 향후 서울행을 대비한 월 40만 원의 적금을 넣고 나면 내 수중에 남는 용돈이 없다. 아니, 사실 적금 넣을 금액에도 한참 모자란다. 그나마 이번 달은 대출금 중 68만 원만 상환하려 마음먹고 있기에 온전히 적금까지 부담할 수 있지만, 월 100만 원씩 대출금을 상환하려는 다음 달부터는 적금조차 넣을 수 없게 되는 것이다. 그래서 지난주부터 주말 여행가이드 아르바이트를 시작했지만, 이 역시 처음 3회는 보수 없이 실습에 동행해야 한다는 조건이 붙어 있을 뿐더러 가이드 일은 그 특성상 부정기적으로 일이 있을 수밖에 없다. 실제 지난 주말 실습을 다녀온 이후 여행사 측에선 일체 연락이 없다. 이래서야 이래저래 답답하기만 할 뿐, 미래를 향한 준비라고는 전혀 시도조차 할 수 없으니, 막막할 따름이다.

4. 4

나는 전역 이후 처음으로 근무하게 된 쪽방상담소 일을 그만두기로 했다. 오늘 퇴근길에 대구청년NGO지원사업을 주관하는 대구시민센터에 전화해 그런 뜻을 전했다. 쪽방상담소 측에는 일을 시작한 지 한 달이 채 되지 않은 시점에서 차마 입이 떨어지지 않아 관두겠다는 말을 못했지만, 내일은 말해야 할 것이다. 물론 그곳에서 일하는 사회복지사 분들은 인격적으로 다 훌륭한 분들이고, 분위기도 좋았다. 그리고 그곳에서 하는 일 역시 우리 사회에 정말 필요한 일임에 틀림없다. 하지만 나는 왜 이 일을 관두게 되었는가?

우선 '인턴' 생활의 고달픔이다. 예컨대 누군가가 시킨 방식대로 일을 하고 있으면, 그것을 모르는 다른 사람은 또 다른 방식으로 하라고 한다. 내 방식은 설 자리가 없다. 두 번째는 정신적인 피로다. 특히 오후에 길게는 2시간씩 식당에서 해야 하는 설거지 과정이 나를 무척 지치게 만들었다. 처음엔 누군가는 이와 같은 '밑받침 역할'을 해야 할 것이라는 생각에 긍정적으로 받아들였지만, 갈수록 심해지는 식당 찬모 분의 갖가지 요구와 고압적인 잔소리가 나를 견디기 힘들게 했다. 예전 성균관대 출판부에서 근로장학생으로 일하던 시절, 일방적인 짜증으로 계속 나를 화나게 했던 김지현 씨가 떠올랐다. 한 가지 희한한 섭리(?)는, 개인 자영업이 아닌 법인 사업장·단체·기관에서 알바나 인턴으로 일할 경우 알바생이나 인턴에게 스트레스를 주는 존재는 항상 중간이나 하위에 있는 사람들이라는 점이다. 적어도 여태까지 내 경험으로는 그렇다. 아마 그들이 위에서부터 받는 스트레스를 그보다 약자인 알바나 인턴에게 푸는 탓이 아닐까.

세 번째는 '돈'이다. '그래, 군 생활도 견뎌냈는데, 이까짓 쯤이야' 싶다가도, 현재 수준의 급여로는 적금조차 넣지 못한다는 생각이 들 때면 '먹고 살기 힘들다'는 말이 진정으로 실감났다. 열심히 일을 했는데, 정작 쓸 돈이 내 손에 주어지지 않으니 허탈하기도 했지만, 무엇보다 앞으로가 걱정이었다. 그동안 힘들 때면 내 스스로 너무 '먹물에 절은 것이 아닌가'라는 자책을 하며 이겨내 보려고 했지만, 온갖 번뇌가 떠나지 않았다. 그래서 오늘 그냥 확 결단을 내려버렸다. 차라리 무슨 일을 하건 지금보다 급여 많이 주는 곳에서 일하자고. 현재와 같은 방식으로는 돈도 안 되고, 대학원 진학에 대비한 공부도 안 되니 아무리 의미 있는 일일지라도 어쩔 수 없다고 생각했다. 한마디로 '인턴'이라는 딱지를 떼야 한다는 결론에 이른 셈이다.

물론 짧은 기간이지만 그동안 이곳에서 근무하며 새롭게 인식한 사실들도 꽤 있다. 특히 우리 사회의 복지현실이나 빈곤층의 실태를 목격하며 알려진 것보다 훨씬 참혹한 현실의 지독함을 깨닫게 된 것은, 이곳에서의 경험이 아니었다면 얻을 수 없었을 것이다. 어쨌거나 이곳의 일은, 소득을 지향하는 '일'이 아닌 애초 '봉사활동'으로 접했다면 더 좋지 않았겠는가라는 생각도 든다.

4. 5

오늘 쪽방상담소 측에 그만두겠다는 의사를 전했다. 사실 일을 시작해 아직 한 달을 다 채우지 못했을 뿐더러 갑작스레 그만두겠다고 한 만큼, 쪽방상담소 측에 엄청난 민폐를 끼치게 된 셈이다. 나는 그만두는 이유와 관련해선 금전적인 부분만 얘기를 했다. 그러자 사무국장님은 내 처지를 이해해주시면서, 지금 당장 일을 구한 게 아닌 만큼 당분간 근무 중 다른 곳에 면접 보러 다니는 것을 양해해줄 테니 다른 일을 구할 때까진 일해도 좋다고 하셨다. 이에 나는 감사하다고 한 뒤 내일과 모레는 몇 군데 면접 일정이 잡혀 있으니 출근하기 어렵다고 말씀드렸다. 그런데 사실 모레 면접 일정을 한 군데 잡아 놓은 것은 맞지만, 내일은 면접 일정이 전혀 없었다. 그럼에도 내가 거짓말을 한 까닭은, 사무국장님의 배려는 감사했지만, 이미 그만두기로 마음먹고 그 사실을 전한 마당에 다른 일을 구할 때까지만 출근한다는 게 구질구질하게 느껴졌기 때문이다.

4.7

오늘 예정된 계약직 면접을 봤다. 다담소프트라는 업체인데, 네이버 뉴스라이브러리에 조선일보 지면 읽기 서비스를 제공하기 위해 조선일보 지면을 컴퓨터 전산에 입력하는 일을 올해 연말까지 진행할 것이라 했다. 또 옛날 신문을 다루는 만큼한자를 많이 알아야 하며, 주5일에 9시부터 6시까지 근무해 월급은 150만 원인데 작업량에 따라 플러스알파가 있을 수 있다고 했다. 점심식사는 제공되지 않는다고 했다. 이어 업체 대표는 내게 다음 주 화요일부터 출근해달라고 했다. 하지만 나는지금 일하고 있는 곳의 계약이 종료되려면 보름 정도는 더 걸리기 때문에 당장의 출근은 어렵다는 거짓말을 했다. 왜냐면예전 군 입대 전에도 전산 입력 아르바이트를 해보았지만, 사실 전산 입력 작업은 하루 종일 컴퓨터 앞에 앉아 두통에 시달리며 단순 반복을 거듭해야 하는 지루한 일이기 때문이다. 한마디로 일 자체가 선뜻 내키지 않았고, 그래서 일단 보름 정도의 시간을 벌어 다른 일도 함께 알아본 뒤 다른 일을 구하지 못하면 이곳에서 일을 할 심산으로 그렇게 말한 것이다. 한편, 쪽방상담소와 대구시민센터 측에는 다음 주 월요일부터 다른 곳에 출근하게 되어서 더 이상 출근이 어렵다고 전했다. 결국 나는 오늘 하루 동안 이중의 거짓말을 늘어놓은 셈이다.

4. 18

어제 저녁, 대구 청년NGO 활동지원사업 계약해지서에 서명을 하기 위해 동성로 대구백화점 앞에서 대구 시민센터 활동가 분을 만났다. 마침 대구백화점 앞에서는 자유한국당 홍준표 후보 유세가 한창이었다. 대체 인간이라면 양심과 염치가 있어야 할 터인데, 만일 자유한국당이 인민 앞에 염치와 양심이 있다면, 나라를 이 지경으로 몰아간 만큼 그 당의 국회의원들이 총사직해도 모자랄 판에 애초 대통령 후보를 내지 말았어야 할 일이었다. 그럼에도 뭘 잘했다고 저렇게 뻔뻔하게 소란을 피우는 것인지 참으로 역겨운 풍경이었다. 그래서일까. 일반 시민들도 대부분 그들을 외면하고 있었다. 자유당의 상징색인 빨간색 옷 입은 사람들 외에는 유세차량 앞에 서 있는 사람들이 거의 없었던 것이다. 하긴 나 역시 거짓부렁을 늘어놓으며 청년 NGO 활동을 관두었으니 정직한 인간이라 말할 수는 없지만, 내심 한편으로 그런 '찔리는 구석'이 있었기에 시민센터 활동가 분이 저녁 사주겠다는 것을 한사코 거절했던 것이다. 어쩌면 이 '찔리는 구석'에 대한 태도야말로 인간 여부를 판가름하는 기준이 아닐까.

4. 25

그동안 '컴백 백수 노릇'을 하며 계명대학교 평생교육원, 수성도서관, 인문사회연구소 등 몇 군데 '괜찮은 계약직' 채용모

집에 지원서를 냈지만 서류에서 떨어지거나 면접에서 떨어졌다. 결국 할 수 없이 다시 다담소프트 측에 연락해 내일부터 출근하겠다는 의사를 전했다. 한 가지 다행인 점은 이곳에서 일하기로 했기 때문에 매주 화·금요일 저녁 경북대학교 영남문화연구원에서 주관하는 맹자·통감절요 수업을 학기가 끝날 때까지 수강하는 게 가능하게 됐다는 점이다. 또 근무지까지 우리 집에서 도보로 15분밖에 걸리지 않으니 차비도 아낄 수 있게 됐다.

5. 1

지금 선거가 사회 변혁을 가로막는 기재로 작용하고 있는 것이 아닌지 걱정스럽다. 변혁을 향해 분출되어야 할 열망이 선거에 매몰되어 있다. 그 어떤 주류 매체나 담론에서도 자신들에 대한, 그리고 한국사회에 대한 성찰과 사회 변혁 과제에 대한 모색, 촛불혁명의 완수를 위한 방법을 말하지 않는다. 그저 선거 중계에 그치고 있다. 선거 중독 사회라고나 할까. 본래 선거의 본질이 혁명을 방지하기 위한 부르주아들의 선택이기는 하지만, 여전히 선거과정을 조작할 수 있는 기득권 세력이 온존되어 있는 한, 지금 한국의 대선과정이 촛불혁명의 열망을 고스란히 흡수하고 있지 못함은 자명한 것이다.

5. 2

대한민국에서 비정규직 노동으로 먹고 산다는 것은 정말 고달픈 일이다. 지난 4월 26일부터 시작한 조선일보 디지타이징(데이터베이스화를 위한 전산 입력 작업) 작업의 할당량을 채워야 하는 탓에 이번 주부터 당장 애초 듣지 못했던 야근과 주 6일제가 갑자기 시작됐다. 심지어 긴 연휴가 시작된 이번 5월 첫째, 둘째 주에도 계속 출근해야 한다. 일 자체가 하루 온 종일 점심시간을 제외하면 컴퓨터 앞에 들러붙어 앉아 일제 때 발행된 조선일보의 한 글자 한 글자를 프로그램에 그대로 입력해야 하는데, 실상 '앉아서 하는 중노동'이라 죽을 것만 같다. 그야말로 글자 한 자 한 자와 사투를 벌여야 하는 일이다. 일하는 사람들 모두 힘들다고 아우성이다. 다만 일제시대 당시에 나온 신문을 읽을 수 있으니 역사학도인 나로서는 사료 공부라고도 말할 수 있겠지만, 실상 작업량 채우기에 바빠 글의 문맥을 이해하며 읽을 시간은 거의 없다. 그럼에도 오늘 작업하는 과정에서 몇 가지 흥미로운 요소들을 발견하려 애쓴 결과 다음과 같은 부분들이 인상적이었다.

첫째, "근래 유행병인 동맹휴업(同盟休業) 동맹파공(同盟罷工) 동맹휴교(同盟休校)는 소위 신지식을 가진 자의 상례로 하는 것같이 되었는데… 또한 청년의 입에서는 누구나 다 입으로 '데모크래씨'를 창도치 않는 자가 없고 이것을 주창치 아니하는 자가 없게 되었다. 이 '데모크래씨'가 비상한 만연력(蔓延力)

을 가지고 우리 교육계까지 들어오게 된 것을 말하고자 함이로다"라는 1921년 9월 18일 3면 기사 중 일부 구절은 3·1운동 직후 1920년대 초반의 분위기를 단적으로 보여주고 있었다.

둘째, 시계광고 중에 "생존경쟁에서 우승기를 점령할 자"라는 문구가 보였다. 이는 시계가 생존경쟁 담론과 함께 수입되었다는 점을 보여주는 동시에 그러한 생존경쟁 담론이 당시의 '시대'를 지배하는 언어였다는 점에서 기시감을 느낄 수 있었다.

셋째, 1920년대 신문의 계급적 감각이 오늘날 한국사회보다 더 낫다는 점이었다(1921년 9월 12일 4면). 이 점은 "계급"이라는 언어 자체를 공론장에서 쉽게 접하기 어려운 오늘날과 비교할 때 이채로웠다. 끝으로 의열단 김익상의 조선총독부 폭탄 투척이 일제에 주었던 엄청난 충격—사건 이후 일제가 부산과 같은 지방에서도 대폭 경계 태세를 강화하며 공포에 떨었던 사실—역시 통쾌하게 느껴졌다.

5.7

토요일인 어제도 나는 조선일보 디지타이징 작업을 위해 출근해 일을 했다. 어제는 1980년대 신문을 작업하게 됐는데, 그 과정에서 배 밭이 널려 있던 강남 개포동 일대 토지에 아파트 건설이 이루어지며 개발되는 과정을 소개한 기사가 있어 그 내용을 스크랩하게 됐다. 1983년 10월 12일자에 실려 있는 그 내용은 다음과 같았다.

"개포벌의 정적이 깨진 것은 3년 전인 80년 11월 경제장관 회의에서 자연녹지지역으로 묶여 있던 개포동일대를 주거지역으로 바꾼다고 결정한 다음부터였다. 서울의 주택난을 해소하기 위해 아파트 단독주택 등 모두 4만7천~5만 가구를 건립한다는 발표가 뒤따랐고 이어 불도저부대가 들이닥쳤다. … '자고나면 이웃집이 철거되고 두 번 자고나면 언덕이 없어지곤 할 때였습니다.' 양재동 동장 金鴻洙씨(50)의 말이다. 개포지구에 아파트를 짓는 일은 주택공사와 서울시, 민간업체 등 3개 사업주체가 맡고 있다. … 이처럼 당국의 역점사업으로 개발된 개포지역은 과천과 함께 82년에 투기바람이 거세게 불었던 곳이기도 하다. 작년 3월에는 복덕방들이 점포를 구하지 못해 부락의 닭장까지 개조, 문을 열기도 했다는 말도 들릴 정도였다. '아파트 전매다, 부금통장 거래다 해서 떠들썩했었지요.' 원주민 중 토지보상에 불만을 가진 사람도 적지 않다. 포이동 6의 11 밀미리마을 金光哲씨(42)는 8대째 살아온 고향에서 토지를 수용당했으나 대지 69평을 환지받는 데 그쳤다. '시에서는 적정가격으로 보상했다고 하지만 난감합니다.' 환지받은 땅의 時價가 6천만~7천만 원이 된다고 하나 농사를 지을 수 없게 됐고 집지을 돈조차 마련 못한 가운데 땅만 덜렁 갖고 있는 것이어서 당장 막연한 입장이라는 것이다."

기본적으로 이 기사는 조선일보답게 정권의 개발치적을 홍

보하는 데 초점을 맞추고 있기 때문에 당시 투기바람의 실상이나 원주민 대책의 허점을 제대로 다루고 있다고 보기는 어렵지만, 이 기사에 실려 있는 양재동 동장과 복덕방 관계자, 원주민의 발언은 80년대의 시대상을 단적으로 드러내고 있다.

5. 21

生의 과정에서 彼岸은 어디에도 없다. 이게 요즘 나의 결론이다.

5. 25

요즘 나는 계속 조선일보 디지타이징 일을 하고 있다. 그런데 어제 퇴근하기 직전 업체 대표가 와서 대략 20명 정도 되는 작업자들 앞에서 약 15분간 장광설을 늘어놓았다. 대략 그 내용은 이러했다. "지금 계획보다 서울에 있는 업체와의 계약에 따른 작업량(5월 말까지 지면 1천 면)이 채워지지 않아 회사의 손해가 막심하다. 원래 일정 정도의 손해는 예상했지만 현재 실손해가 월등히 크다. 이런 식이라면 회사 입장에서는 그냥 이 사업 자체를 아예 없던 일로 정리하고 서울 쪽과의 계약을 해지하면 그만이다. 그러므로 앞으로 일주일간 지켜보고 능률이 평균에 미치지 못하는 사람들은 자르겠다. 회사 입장에서는 인건비 부담이 엄청나다. 그러니 앞으로 인건비 부담이 큰 야근과 토요일 근무도 없앨 것이다." 이와 함께 대표의 말 속에는 작업자들의 현실을 잘 모르고 하는 말들이 너무 많았다. 특히 "자기가 해보니 한 시간에 1면은 완성해내겠더라"는 말은 작업자들의 신경선을 건드린 발언이었다.

그리고 오늘, 또 한 사람이 잘려나갔다. 사실 이런 식으로 해고된 사람이 벌써 두 번째다. 이곳의 일이 시작된 지 한 달 조금 넘은 시점에서 벌써 2명이 잘려나간 것이다. 사실 오늘 잘린 작업자의 경우 평균치에 크게 못 미치는 것도 아니었다. 오히려 그는 고지식한 성격 탓에 너무 정확하게 입력하려다보니 평균치에 조금 미달했을 뿐이었다. 결코 불성실하거나 딴청을 부려서 작업량이 적은 것이 아니었다!

어제 저녁 퇴근 길, 그리고 오늘 아침 출근길에서 사람들은 저마다 한마디씩 분노를 쏟아냈다. "정말 삔 상했다"는 반응부터 시작해 "우리를 부품 취급한다", "그래도 있던 사람 적응할 시간을 좀 더 주고 쓰는 게 낫지, 새로운 사람 쓴다고 잘한다는 보장이 어디 있나", "우리가 그만둔다는 생각은 못하나? 나는 새로운 알바 구하기가 귀찮아서 여기 일을 하고 있을 뿐인데", "우리가 취직을 못해서 그렇지 계약직, 아르바이트 자리는 널려 있다. 어디 여기 아니면 일할 데 없나?", "친구들이 그런 쓰레기 같은 곳에서 일하지 말라 하더라. 나는 그만둘 것이다" 등등. 그런 속에서 어떤 1명은 "나도 잘리면 어쩌지, 작업량이 나지 않는데"라며 내게 걱정을 털어놓았다. 자신은 여기서 무조건 6개월 이상 일해 실업급여를 타야 한다는 것이었다. 나는 이렇게 대답했다. "우리도 탈출구를 찾아야겠지요." 기실 '가만히 있으라'는 명령을 신뢰하다, 그러니까 인간을 신뢰하다 세월호를 끝내 탈출하지 못한 채 희생된 사람들을 떠올리면, 지금 같은 세상에선 우선 일차적으로 탈출 궁리를 하는 게 제일이 아닌가? 인간과 인간 사이의 신뢰를 무력화시키고 계약과 돈으로 관계를 설정하는 이 사회가 우리를 그렇게 만들고 있는 것이다.

사실 지금 나와 같이 일하고 있는 사람들은 나보다 연령이 대개 두세 살 높은 편이다. 2, 3차 작업자 중에선 스물여섯인 내가 가장 막내다. 대체로 20대 후반~30대 초반인데, 심지어 30대 중반인 사람들도 있다. 이 자체 지금의 취업 현실을 적나라하게 보여주는 현상이지만, 단지 계약직이라는 이유로 때 이른 더위에 하루 온종일 컴퓨터 앞에 들러붙어 앉아 두통과 눈 피로, 호흡기 질환(환기가 제대로 안 되는 까닭으로)에 시달리며 글자와 사투를 벌이고, 필기도구 하나 제대로 갖추어져 있지 않은 열악한 환경에서도 사람들은 그래도 나름 정확하게, 해당 신문 지면의 좌표를 설정하고 글자를 입력하는 노력을 해오던 터였다. 게다가 회사는 4대 보험을 들어준다는 애초 계약서 내용과 달리 지금까지 고용보험만 가입해주었을 뿐이었다.

세상에서 가장 치졸한 짓이 '밥줄의 불확실성'으로 공포를 자극하며 장난치는 것 아니겠는가. 사람을 돈과 이익의 관점에서만 바라보는 게 자본주의라면, 우리는 이런 체제를 타파해야 마땅할 것이다. 물론 회사 입장에서는 철저히 자본의 논리에 따를 수 있다. 하지만 철저히 그러한 관점에서만 서 있던 대표의 발언 당시 우리들이 느꼈던 감각과 감수성이 나는 매우 중요하다고 생각한다. 그것은 우리 스스로에게 내재된 '인간으로서의 자각'이며, 그것이 언젠가는 이 비인간적인 자본주의를 종식시킬 수 있는 힘이 될 수 있을 것이기 때문이다. 어쩌면 지금 우리 20대는 '도시의 강제 유목민 세대'인지도 모른다. 원하건 원치 않건 우리는 이미 유목민이 '되었다.' 하지만 자본주의의 붕괴는, 바로 이 도시의 강제 유목민 세대로부터 시작되지 않을까?

이제부터 사람들은 이곳을 한 명씩 떠나갈 것이다. 당장 나부터 오늘 다른 일터에 면접을 보았다. 교보문고 도서진열 아르바이트 자리였다. 다만 면접 담당자의 고압적인 태도와 한자 급수가 왜 2급밖에 되지 않느냐는 윽박에 내심 기가 막혀 끝내 내일 당장 출근이 어렵다는 말을 내뱉고 말았지만…. 용기를 북돋고 격려하며, 기술을 익히고 연습하고 적응할 시간을 충분히 주고, 사람을 돈이 아닌 사람으로 보는 방식이 훨씬 효율적인 방법이라는 것을, 우리 시대의 '상전'들은 언제쯤 깨달을 수 있을까?

6.1

지금 일하고 있는 곳에서 내가 그만두기도 전에 해고 통보를 받았다. 오늘 점심 직전 회사 대표는 더 이상 인건비를 비롯한 이 사업의 적자를 감당할 수 없어 아예 사업 자체를 중단할 것이라 설명하며 곧바로 1차 작업자들은 모두 집으로 돌려보냈고, 나를 포함한 남은 8명의 2, 3차 작업자들은 6월 9일까지만 근무하라고 말했다. 작업자들은 술렁였고, 결국 회사 주임은 일단 오늘은 다들 조기 퇴근하라고 일렀다. 그리고 앞으로 근무 도중 다른 곳에 면접 보러 다니는 것도 허용해주겠다고 했다. 그래서 점심 전에 집으로 돌아왔다. 사실 나는 이곳에서 올 여름까지는 견딘 뒤 다른 일자리를 알아보려 마음먹고 있던 차였다. 그렇게 하면 일단 남은 학자금 대출금은 다 갚을 수 있다고 판단했기 때문이다. 하지만 이 계획 역시 이제 무산된 셈이다.

6.9

오늘로서 지난 4월 26일 이래 계속해온 조선일보 디지타이징 작업이 종료됐다. 이 사업은 벌써 서울의 비플라이라는 업체에 의해 중국으로 넘어갔다고 한다. 그동안 회사 측에선 미안했는지 남은 작업자들에게 점심을 사주었다. 그동안 작업자들이 다 좋은 사람들이라 서로 분위기가 좋았는데 그저 아쉬울 따름이었다. 그리고 오늘 5월달 월급이 입금됐는데, 야근수당·휴일수당까지 포함해 169만 원이었다. 6월에 일한 몫은 다음 주에 입금될 것이라 했다. 영세한 회사인 만큼 사업 중단에 대해 이해 가는 부분도 있지만, 한편으로는 이럴 요량으로 애초 회사 측에서 5월 초 우리와 계약서를 쓸 때 6월에 올 연말까지의 기간으로 본 계약을 할 것이라 하면서 일단 5월 한 달만 계약한 것이 아닌가라는 생각도 들었다. 그러니까 일단 5월 한 달만 해보고, 자기네들의 이윤을 따져본 뒤 사업의 지속 여부를 결정하려는 의도가 아니었을까 하는 것이다.

문제는 지금이 비수기여서 적당한 계약직이나 아르바이트 자리 구하기가 쉽지 않다는 점이다. 그런 탓에 회사 측의 별다른 강요가 없었음에도 남은 8명의 작업자 전원이 근무종료 예정일인 6월 9일까지 일했고, 도중에 다른 일자리를 알아보려 면접을 다녀온 사람은 단 한 명에 그쳤다. 다들 대책 없이 해고를 맞이한 것이다. 작업자들 사이에선 이참에 일자리 구하러 '인(in) 서울' 해야 하는 것 아니냐는 말까지 나왔다. 대구의 경우 아르바이트 자리야 얼마든지 많지만, 급여나 근무내용 등의 면에서 괜찮은 계약직 또는 아르바이트 찾기가 힘겨운 탓이다. 이게 '도시 유목민'의 운명인 것일까?

다담소프트 측으로부터 6월 1일부터 9일까지 일한 몫에 대한 급여가 들어왔다. 총 46만 원이다. 5월 급여와 합산하면 215만 원인데, 이 중 195만 원을 학자금 대출 상환에 썼고, 나머지 금액은 적금으로 돌렸다. 여기에 며칠 전 오마이뉴스에 신청한 원고료 10만 원까지 보탰지만, 적금 금액을 감당하기엔 여전히

10만 원이 모자라 결국 어머니에게 손을 벌리는 수밖에 없었다. 그런데 어머니 통장은 지난 5월 집세를 해준 이후 마이너스 상태가 계속되고 있다. 사정이 이런데도 나는 '컴백 백수' 신세에 벼룩의 간을 빼먹는 노릇만 하고 있으니 참으로 한심할 따름이다.(2017. 6. 20)

6. 23

독도재단이라는 곳에 면접을 보았으나 탈락했다. 경상북도에서 설립한 재단인데, 주5일제에 월급은 150만 원인 계약직 1명을 뽑는다고 해 지원한 터였다. 그동안 대백프라자, 롯데백화점, 교보문고 반월당바로드림센터, 에스닷, 한국사 강사, 영어 강사, 대구MBC 시네마M 매표원, 건강관리협회 안내원 등 여러 곳에 지원서를 냈지만 연락이 통 없던 차에 이곳은 그래도 서류전형에서 합격했으니 한 번 기대를 걸어보았다. 나를 포함해 3명이 지원했는데 정작 면접 자리에 나온 사람은 나와 여성 지원자 2명이었다. 그런데 계약직 채용을 담당하는 조현민 씨가 내게 정장을 입고 오지 않았다는 둥, 지원서를 이면지로 썼다는 둥 생트집을 잡아 기분이 상했다. 그냥 깔끔하게 입었으면 그만이지 이 더운 날씨에 무슨 정장을 요구하는 것인지, 더구나 같이 참석한 여성 지원자도 평범하게 입고 왔는데, 내게 왜 그러는 것인지 이해할 수 없었다. 그렇지만 마음을 진정시킨 뒤 면접에 임했다. 무엇보다 면접위원들은 채용 예정인 계약직이 실제 하는 일은 심부름, 허드렛일일 것이라며 4년제 졸업자인 내게 이런 일을 할 수 있겠느냐고 묻는 것이었다. 또 여기보다 더 좋은 직장 구하고 싶지 않느냐고 묻기도 했다. 이에 나는 군 복무를 의경으로 하며 경찰서에서 그런 잔심부름을 많이 했으니 괜찮으며, 흔히 말하는 좋은 직장은 서울에 몰려 있는데, 나는 서울에서 방을 구할 형편이 되지 못해 이곳에 지원하게 됐다고 애써 둘러댔다. 나는 집으로 돌아오면서 조현민 씨가 내게 트집을 잡아낸 게 일종의 암시가 아닐까라는 생각이 들었다. 아니나 다를까 결과는 탈락이었다. 아마도 그분들은 '만만한 심부름꾼'을 원했던 것 같다.

6. 29

대구교대 앞에 있는 동화세상 에듀코라는 과외업체에서 7월 3일부터 출근해달라고 연락이 왔다. 사실 나는 이 업체에 지원한 적이 없으나 그쪽에서 잡코리아에 올려놓은 내 이력서를 보고 면접을 보자고 연락을 해와 응했다. 그래서 어제 면접을 보았는데, 합격한 모양이다. 사실 이곳의 경우 수습기간이 3개월이고, 수습기간 동안에는 과외교사로서의 교육이 이루어지는데, 교육 지원금 명목으로 매달 70만 원이 지급된다고 했다. 나는 지금처럼 채용이 꽉 막힌 상황에서 물불 가릴 처지가 아닌 만큼 선뜻 출근하겠다고 말했다. 이렇게 되면 당분간 학자금 대출금 상환은 미룰 수밖에 없지만, 일단 적금이라도 내 노력으로 감당해보려는 생각에 출근을 결심했다.

6. 30

오늘 조선일보 디지타이징 작업 당시 함께 일했던 찬수 형과 통화했다. 나보다 2살 위인 형은 집이 왜관이라 같이 일하던 당시에도 열차를 타고 통근하는 형편이었다. 왜관에서는 적당한 일자리 구하기가 어려워 대구까지 나온다고 했다. 형의 전언에 따르면 자신이 연락해본 결과 당시 함께 일한 작업자 중 대부분이 아직 새로운 일을 구하지 못한 형편이라고 했다. 또 자신은 며칠 전 야간 전산입력 아르바이트에 지원했는데, 면접 과정에서 자존심만 상했다고 전하면서 비록 아르바이트 자리야 널려 있지만 자신은 4년제 대학에서 좋은 성적을 받기 위해 열심히 다닌 만큼 괜찮은 곳에 들어가고 싶은데, 대부분 단순반복 작업일 뿐 마땅한 일자리가 보이지 않는다고 털어놓았다. 이에 나는 최근 대구박물관 계약직 채용에 무려 30명가량 지원한 사실을 전해주며 다들 직면한 상황은 마찬가지인 만큼, 이런 때는 일할 수 있는 곳이면 우선 그냥 들어가서 일을 하며 다른 일자리도 함께 알아보는 게 최선이 아니겠느냐고 말했다. 유목민에게 과연 '일자리 선택의 자유'가 있을까?

졸업과 전역 이후 제가 겪은 현실은, 우리의 일상이 거대담론, 사회구조와 맞닿아 있음을 절감하는 과정이었습니다. 흔히 우리 사회에 더 이상 굶주리는 사람은 없다고들 말합니다. 과연 그런가요? 초고층 주상복합아파트로부터 차로 불과 30분 남짓 떨어진 동대구역 근처에는, '여인숙', '모텔'이라는 간판에 감춰진 채 목욕·세탁·조리 등 기본적 생활조차 영위할 수 없는 쪽방이 있습니다. 가난은 개인의 능력 탓이며 수급자는 '특권의 수혜자'라는 우리 사회의 평균적 시선 속에, 쪽방 거주민과 노숙자들은 지금 이 순간에도 소외된 채 굶주림과 질병의 벼랑 끝에 몰려 있습니다. 저는 쪽방 거주민들이 호화판 고대광실과 다름없는 주상복합아파트를 방문한다면 어떤 반응을 보일지 궁금합니다. 20~30대 청년들은 또 어떤가요? 대부분 대학을 졸업하고도 아르바이트나 인턴, 계약직을 전전하는 '도시 유목민 생활'을 영위하며 '밥줄 불안'과 '높은 월세 부담'에 짓눌립니다. 여기에 학자금 대출이라는, '대학졸업의 저주'가 더해집니다. 또 '서울의 식민지'인 지방 청년들의 경우 제대로 된 계약직조차 구하기 어려운 실정입니다. 가족이라는 '보호막' 없이 스스로 자립해 살아갈 수 있는 20대가 지금 한국사회에서 과연 몇 명이나 될까요? 이것은 소수 빈곤층에 국한된 문제가 아니라 대다수 사회구성원의 '생존', 그 자체의 문제입니다. 적어도 제가 목도하고 체험한 바로는 그랬습니다.

지금 우리 사회를 관찰하고 있으면 사회 상층부나 하층부나, '영화

적 상상력' 이상으로 '비현실적인 현실'을 겪고 있는 것이 아닌가 합니다. 사회 상층부에선, 정치권력·자본권력·사법권력·언론권력과 이에 부역하는 지식인들이 기득권 네트워크를 구성하여 부와 권력의 대물림을 위해 국정과 여론을 농단하는 한편, 사회 하층부에선 '우리 사회에 더 이상 굶어죽는 사람은 없다'는 '신화'를 믿으며 70이 넘은 연세에도 폐지를 가득 실은 리어카를 한여름 땡볕이 내리쬐는 도로 위에서 꾸역꾸역 밀며 생계를 이어나가야만 하는 현실을 겪고 있습니다. 역사상 가장 불평등한 사회구조는 우리의 일상 곳곳으로 침투해 대다수 민중의 삶과 건강을 위협하고 있습니다. 그런 속에 지난해 겨울부터 시작된 촛불혁명은 '이명박·박근혜 정권이라는 적폐'의 청산을 강렬하게 열망하였고, 그동안 한국사회를 짓눌러온 '박정희 신화'를 붕괴시켜 새로운 희망의 길을 열었지만, 여전히 삼성 뇌물죄 1심 재판에서 이재용 부회장에게 집행유예가 선고되지 않은 것만으로도 가슴을 쓸어내려야 하는 게 우리의 엄연한 현실입니다. 우리는 곧잘 '현실'을 '타협'과 동의어로 사용합니다. 하지만 상상 이상으로 비현실적인 작금의 현실은 '타협의 대상'이 아닌 '변화의 대상'일 것입니다.

저는 역사학도입니다. 역사학의 기본은 역사자료의 수집과 해석입니다. 그런데 역사학도로서 늘 안타까운 사실은 현전하는 역사자료 대부분이 역사 속 엘리트 집단이 남긴 기록이라는 점이었습니다. 고대사나 중세사만 그런 것이 아니라 일제 식민지시대 이후 현대사도 그렇습니다. 저는 김성칠(金聖七)의 『역사 앞에서』 정도를 제외하면, 한국 현대사 관련 저술에서 일기류가 인용된 경우를 본 적이 거의 없습니다. 민중 스스로 자기의 삶과 의식을 표현한 기록이 전무하거나 발굴되지 못했다는 건 우리 역사(학)의 '태생적 비극'이 아닐 수 없습니다.

저는 제 '머리'가 아닌 제 '몸'과 '마음'으로 직접 보고, 듣고, 경험하고, 느끼며 써내려간 우리시대 민중의 삶을, '전태일문학상' 수상을 통해 기록으로 남기게 된 그 자체에 의의를 두고 싶습니다. 비록 한 개인이 겪은 기록이지만, 이 기록이 훗날 우리시대를 이해하고자 하는 역사학도에게 도움이 되기를 바랄 따름입니다. 전태일 열사가 남긴 기록들이 훗날 『전태일평전』으로 탄생해 그 시대 노동현장의 실상과 그의 사상을 알 수 있는 귀중한 자료가 되었듯이 말입니다. 저는 그런 점을 염두에 두었기에 최소한 기록만큼은 정직하게 남기려는 원칙을 견지했습니다. 제 자신이 때론 일상에서 거짓말을 했지만, 거짓말한 사실 자체는 그대로 기록했습니다. 기록만큼은 자신이 겪은 진실대로 남기는 문화의 정립이야말로 우리시대가 역사 앞에 당당하기 위한 소명일 것입니다.

이 기록을 읽은 우리시대 사람들이 그동안 우리 스스로 '당연하게 여겨온 것'들에 대해 의문을 던지고 '보편의 확장'으로 나아갈 수 있다면, 저는 더할 나위 없이 기쁠 것 같습니다. 감사합니다.

제25회 전태일문학상

심사평

사람답게 산다는 것이 무엇인지 질문하는 소설

수백 개가 넘는다는 국내 문학상 중 '전태일문학상'이 특별하고 다른 점은 작품성에 앞선 '전태일정신'에 준거한다는 것이다. 심사를 하기 전 '전태일정신'을 상기하기 위해 열사가 외친 구호를 다시금 새겨본다.

"근로기준법을 준수하라! 우리는 기계가 아니다! 일요일은 쉬게 하라! 노동자들을 혹사하지 말라! 내 죽음을 헛되이 하지 말라!"

'전태일정신'을 요약한다면 '사람답게 일하고 살기 위한 꿈이자 실천'일 것이다. 거대하고 근본적인 동시에 소박하고 간명하다. 문학이 다루는 세상의 모든 것이 그러하듯.

본심에 오른 7편의 작품 중 당선작을 뽑는 데는 심사위원 간의 이견이 없었다. 「수상한 시절」은 세상을 떠도는 이야기들이 소설이 되는 지점을 짐작하고 있는 작품이다. 당장의 완성도보다는 소설이라는 양식을 대하는 기본자세를 갖추고 있는 만큼 기존의 좋은 작품들을 주밀히 읽어보고 단련하는 과정을 거치면 발전 가능성이 있다.

또한 '전태일'이라는 이름에 압도되어 소재를 나열하거나 주제를 내세우기에 급급한 작품들 사이에서 「수상한 시절」은 상대적으로 자유로웠다. 거대 폭력에 희생당한 개인의 일생을 추적하며 '사람답게 산다는 것이 무엇인가?'라는 질문을 던지는 이 작품은, 인간에 대한 연민과 이해를 바탕삼아 시대의 변화에 조응하는 '전태일정신'을 되살리기에 적합해 보였다.

당선자에게 축하를 보내며 건필을 빈다.

심사위원

예심 김종광(소설가)·하명희(소설가)

본심 한창훈(소설가)·김별아(소설가)

시는 삶의 이야기일 수밖에 없다

1970년 11월 13일. '근로기준법을 준수하라'며 청계천 다리에서 분신해 간 스물두 살의 청년 전태일은 아직 살아 있을까. 열일곱 살에 평화시장 재단사가 되어 열넷, 열다섯 자신보다 어린 시다들에게 버스비를 털어 풀빵을 사서 주고는 쌍문동 산꼭대기까지 걸어가던 한 청년노동자의 꿈은 이제 그만 밝아진 것일까. 어떤 노동자들이 그 길을 다시 걷고 있지는 않을까. 안타깝지만 1,100만 명의 이웃들이 비정규직으로 살아가야 하는 오늘. 우리가 아직까지 전태일문학상을 부여잡고 있는 까닭일 것이다.

그 까닭으로 수많은 문학상이 있음에도 굳이 전태일문학상에 작품을 보내준 모든 응모자들이 참 소중하다. 그들 모두에게 '전태일'이라는 아름다운 청년의 이름을 달아주고 싶지만 그럴 수 없음이 무척이나 안타깝다. 오늘 당선자 한 분을 발표하지만, 응원은 모든 응모자 분들께 드리는 것임을 알아주셨으면 좋겠다.

시 부문 최종심에는 「야앵」 외 2편, 「접힌 손」 외 2편, 「만가」 외 2편, 「검은 아버지들」 외 3편이 올라왔다. 큰 이견 없이 당선작을 뽑을 수 있었지만 아쉬움이 남는다. 어떤 새로움이나 또 하나의 진정성 같은 것에 접속하게 되는 기쁨이 당선작을 포함해 크지 않았던 탓이다.

「야앵」 외 2편은 사람들의 고단한 일상에 대한 애잔한 시선은 있지만 딱 거기까지인 게 아쉽다. 따뜻함은 있지만 그 일상을 새롭게 살아나게 하는 다른 시선이 부재한 게 흠이다. 시라는 형식 만들기에 너무 연연하지 말고, 자신의 이야기를 어디에서 찾을 것인지를 좀 더 고민해보면 좋겠다.

「접힌 손」 외 2편은 엉성함이 아쉬움이다. 「접힌 손」은 후반부 '고압의 수전증'을 시가 도달한 끝점이 아닌 시작점으로 삼아 밀고 가보았으면 좋겠다. 「광장을 걷다」는 정작 시적 화자가 '광장의 바깥쪽'을 겉돌고 있지, 라는 의문이 들었다.

「만가」 외 2편은 최종작을 고를 때 마지막까지 한 번 더 읽어보게 했다. 하지만 「만가」는 '사회면 위에서 포클레인은… 구덩이를 파고 있다'는 긴장된 시작이 좋았으나 밀고가는 힘이 부족해 보였고, 「목줄」은 너무나 익숙한 언술에서 벗어나지 못하고 있었다. 「하여何如」는 큰 흠집 없이 좋은 시일 수 있지만 새로움은 부족해 보였다.

「검은 아버지들」 외 3편을 당선작으로 뽑는 데 큰 이견이 없었다. '갱부의 헬멧'에 '아스라한 은하의 별들'을 보려는 노력과, 「함성」에서 아직도 귀에 '광장'과 '깃발'의 세월을 담고 농꾼으로 살아가고 있는 '난청' '천수만 씨'의 '지지직거리는' 세월을 한 편의 시에 오롯이 담아보려는 노력 등이 돋보였다. 지금의 높은 완성도보다는 「함성」과 「소나기」 등에서 보이는 '예사롭지 않은' 가능성들에 대한 높은 추천임을 기억해주면 좋겠다. 이후를 위해 「묵」은 타작임을 덧붙인다.

2017년 촛불항쟁 이후 첫 전태일문학상인지라 광장의 이야기들을 내심 많이 기대했는데 많지는 않았다. 아마도 어디에선가 여물고 있으리라 기대해보면서 마친다. 다음은 전태일의 일기 중 한 부분이다. 심사 과정에서 사람을 만나고 싶었는데, 시만 만나게 되었다는 아쉬움 때문인지도 모르겠다. 결국 시는 '은하수'를 다 돌아서도 자신의 삶의 이야기일 수밖에 없다.

하루에 하숙비가 120원인데 일당 오십 원으론 어림도 없지만 다
니기로 결심을 하고, 모자라는 돈은 아침 일찍 여관에서 손님들의
구두를 닦고 밤에는 껌과 휴지를 팔아서 보충해야 했다. 뼈가 휘
는 고된 나날이었지만, 기술을 배운다는 희망과 서울의 지붕 아래
서 이 불효자식의 고집 때문에 고생하실 어머니 생각과 배가 고파
울고 있을지도 모르는 막내동생을 생각할 땐 나의 피곤함이 문제
가 되지 않았다.

심사위원

예심 이설야(시인)·박경희(시인)
본심 안상학(시인)·송경동(시인)

뛰어난 현실인식과 치열한 문제를 제기한 감동의 글쓰기

왜? 무엇 때문에? 어째서? 이 글을 써야만 하는가? 글쓰기에는 이러한 목적이 뚜렷하게 내재되어 있어야 한다. 이는 모든 글쓰기의 원초적인 기초다. 이 목적이 단단하고 강하냐 반면 물렁하고 약하냐에 따라 글의 성패가 달려 있다 해도 과언이 아닐 것이다.

그저 자신이 살아온 삶을 나열한다든지, 단순히 현장의 모습만 전하는 것으로 마치는 것은 진정한 생활기록문이 아니다. 서랍 속에 넣어두고 후일 자신만 혼자 꺼내 읽어보는 그러한 것이라면 모를까, 독자를 대상으로 하는 것으로는 합당하지도 않고 인정받지도 못한다.

제25회 전태일문학상 생활·기록문 부문에서 예심을 통과해 본심으로 올라온 작품은 「구로공단의 추억」, 「급식의 품격」, 「비 오는 것도 아니고 구름이 갠 것도 아닌 날씨」, 「서러운 노동자들의 눈물을 닦아주며…」, 「어느 '도시 유목민'의 일기」, 「이사」, 「죽음을 돌보는 간호사의 삶」, 「카페트 말고는 없다」, 「통증, 웃음… 위대함」, 「한 송이 국화꽃, 조형에게」 등 10편이다.

글쓰기에는 지극한 정성이 따라야 한다. 문학상에 도전하는 글쓰기는 더더욱 그렇다. 본심에 올라온 작품 중 두어 편에서 그 정성이 결여되어 있어 안타까웠다. 오자는 수두룩한데 전혀 수정이 안 되어 있고, 문장 나누기도 안 되어 있는 등 단 한 번의 퇴고도 안한 듯 했다. 이는 정성이 깃든 치열한 삶을 우리에게 선물한 전태일 열사와 전태일문학상에 크게 누를 끼치는 것이다.

격무에 시달리다 불의의 사고사를 당한 동료 철도노동자의 주검을 추모하는 열악하고 부조리한 노동현장 「한 송이 국화꽃, 조형에게」, 꿉진한 가난 속에서 자란 소년이 근검절약과 고학을 하며 타워크레인 기사가 되기까지의 성실한 과정 「구로공단의 추억」, 사회로부터 '일자리 선택의 자유'마저 박탈당한 청년의 미래를 기약할 수 없는 참담한 일상 「어느 '도시 유목민'의 일기」 등을 주목했다.

이 세 작품 중에서 글 쓴 목적이 뚜렷하면서도 단단하고 강하며, 뛰어난 현실인식과 그에 따른 치열한 문제제기는 물론, 그 행간에 대안마련의 시급성을 강력하게 호소함으로써 감동을 넘어 공감대를 형성하고 있는 「어느 '도시 유목민'의 일기」를 당선작으로 선정했다. 특성상 문학성을 드러내기 어려운 일기인데도 불구하고 문학성까지 갖추고 있어 반갑다. 약 4개월간의 일기 중 주제에 맞도록 발췌해 응모한 이 작품은 마치 잘 짜여지고 조각된 한편의 단편소설처럼 읽힌다.

심사위원

예심 신정임(르뽀작가)·최규화(르뽀작가)

본심 정세훈(시인)·신순애(작가)

제12회 전태일청소년문학상

수상작

문화체육관광부 장관상

고수빈 · 청주 산남고등학교 3학년

전태일재단 이사장상

산문 부문 최건 · 한성고등학교 3학년

독후감 부문 박샘 · 광주 동신여자고등학교 2학년

경향신문 사장상

시 부문 이소명 · 구미 현일고등학교 3학년

산문 부문 변자영 · 고양예술고등학교 2학년

독후감 부문 이희정 · 의왕고등학교 3학년

한국작가회의 이사장상

시 부문 김민서 · 고양예술고등학교 3학년

산문 부문 정재훈 · 풍생고등학교 3학년

독후감 부문 윤기원 · 영암 낭주고등학교 2학년

사회평론사 사장상

시 부문 김회정 · 해성고등학교 3학년

산문 부문 서은총 · 고양예술고등학교 1학년

독후감 부문 김태희 · 충북 반도체고등학교 1학년

고수빈

그 날 본 건 어쩌면

지하철 계단 위에 뒤집힌 우산이 있다
먼지를 뒤집어쓴 잿빛 형체가 이물질마냥 걸쳐 있다
천을 지탱하던 철심을 훤히 드러낸 채
계단을 오가는 발걸음에 이리저리 몸을 뒤척인다
빗물이 화살처럼 꽂히는 전장에서
쓸모가 없어진 총처럼
방아쇠가 당겨진 채 버려져 있다
다시 전처럼 살아 보겠다
힘차게 뻗은 창살은 결국
우산 끝에 닿지 못해 허공만 찌르고 있다
안테나처럼 굽은 노숙자의 등이 주파수를 잡듯
내 동공을 붙잡고 있다
한때는 누군가를 막아주던 삶
이제는 거꾸로 뒤집혀
오목하게 두 손을 모으고 있다
입안에 숨긴 혀는 돌처럼 굳어 있다

아무에게나 손잡이를 내밀며

인생을 뒤집어달라고 구걸하고 있다

지하철 바깥에는 은빛 동전처럼 쏟아지는 비

팔랑거리는 우산들이 빗물을 튕겨내며 오르내린다

발소리를 귀동냥삼아 살고 있는 또 하나의 우산에게

어쩌면 빗물은 생계 같은 것

저 바깥은 햇빛이 들어오는 유일한 창문이었으나

지금은 바닥으로 떨어지는 중얼거림들로 가득하다

계단으로 자꾸만 흘러내리는 빗물

우산 주위에 웅덩이처럼 고여 있다

나는 웅덩이를 건너지 못하고

젖은 우산만 하염없이 내려다보고 있다

또이 쾌, 또이 쾌*

강원도 산밭에 수줍게 피어난 여자
꽃들이 만개한 몸뻬바지를 입고
두 발을 흙 속에 고정시킨 채
온몸을 호미처럼 구부려 땅을 파고 있다
먼 베트남에서 외딴 산골마을로 건너와
처음 배운 말이라고는
오마니 오마니 한숨 같은 한 마디
물 먹은 나무처럼 휘청거리는 몸을
쉴새없이 수그리며 땅의 속내를 들춰낸다
땀에 젖은 머리카락처럼 축 늘어진
감자 줄기를 잡아당기자
밭의 내장으로 살던 감자들이
굽은 허리에 땅 위로 줄줄이 딸려나오고
먼 고향 가족들의 둥근 얼굴처럼
성한 곳 없어도 속 꽉 찬 얼굴들이
흙 묻은 여자 두 볼에 붉은 호아 샌**을 피운다
어디서 굴러들어왔는지 모를 돌들을 고르며
고향 떠나온 날들을 되새김질하는 여자
먼 베트남이 그리워 눈 밑이 축축한 눈길로

산 너머 빈 하늘을 연신 바라본다
이젠 돌아갈 수 없는 꽃 피우던 시절
그곳에서도 한때 저도 꽃이었다고 여자는
아무도 들을 수 없는 메아리만 퍼뜨린다

* Tôi khoẻ. 또이 쾌, 베트남어로 "저는 잘 지냅니다"
** hoa sen. 베트남 국화, 연꽃

목발

신발이 없는 그는
세상에서 가장 좁은 뒤꿈치로 걷는다
낙타처럼 먼 길을 걸어온 수도승 같다
먼 사막을 지나 흰 가운이 즐비한 병원통로까지
나는 그를 도살장에 끌려가는 소처럼 데리고 다녔다

한 번도 그의 얼굴을 마주한 적은 없지만
그는 나의 겨드랑이 속으로 품어들어
오래 그리고 자주 울었다
멀리 서쪽으로부터 불어오는 먼지바람에
연신 절뚝거리면서도 고향의 냄새를 그리워했다
나는 침대에 누워서야
비로소 지친 그의 몸을 벽에 누인다
안쓰러운 마음으로 그를 쳐다보니
건조한 선인장처럼 뒤꿈치가 갈라져 있다
나의 몸무게만큼 키가 한 뼘 줄어 있다
그는 금세 코를 골며 아득한 잠에 빠져든다

그의 뒤꿈치를 어루만지자
모래알이 별빛처럼 부서지며 떨어져내린다
그리운 이를 향하여 넓은 사막을 뛰어다니다
먼 길을 걸어가는 줄도 모르고 터벅터벅
모래를 흘리며 이곳까지 나를 따라온 그에게
가만히 나의 신발을 신겨본다
그의 텅 빈 몸속에서 곡소리처럼 바람이 불어온다

노답청소년협회

1

우리는 노답청소년들이다.

고민 끝에 우리는 우리를 이렇게 명명했다.

'노답청소년협회'라는 이름을 처음 제안했던 건 승우였다. 그러고 보니 첫 모임을 교사연구실에서 가질 수 있던 것도 승우 덕분이었다. 그는 2주 전부터 학교의 빈 교실을 찾아다녔다. 빈 교실이지만 방과 후를 마친 다른 학생이 함부로 문을 열지 않을 수 있는 곳이어야 했다. 승우는 답사 끝에 최적의 장소를 알아냈다. 교무실 바로 앞에 위치한 교사연구실에는 그 어떤 교직원도 드나들지 않았다. 물론 학생들은 섣불리 들어갈 엄두도 못 내는 곳이었다. 아무리 그래도 교무실 앞이라니. 첫 모임 내 내 우리를 꽉 쥐고 있던 이유 모를 비장함의 원천은 아무래도 모임 장소의 지리적 특수성 때문일 것이라고 나는 생각했다.

모임에 들어오기 전까지만 하더라도 우리는 서로가 정치,

사회 문제에 관심이 많은 사람들이었는지 모르고 있었다. 자주 교사연구실에 모였고 여러 사회 문제를 즉각 주제로 끌어들여 많은 얘기를 나누었다. 분명 다섯 번째 모임까지만 하더라도 완만한 수준에서의 발언과 반박이 오가는 토의 활동만 있었다. 그러니까 이건 모두, 우리도 대통령 탄핵 집회에 참여하는 게 어떻겠느냐는 승우의 제안과 부원 만장일치로 내가 서기가 된 건 한순간에 벌어진 일이었다.

승우, 병주는 집회 참여를 지지했다. 반면 호진, 광태는 당황함과 불편함을 숨기지 못한 채 쓴웃음만 짓고 있었다. 나는 어느 것이 옳은 결정인지 모르겠어서 가만히 앉아 있었다. 막막했다. 함부로 결정할 수 없는 사안이었기에 누구도 먼저 나서려고 하지 않았다. 그때 광태가 말을 꺼냈다. 때마침 내 마음의 저울추도 반대쪽으로 기울어져 있었기에 광태의 용기가 반갑고도 고마웠다.

"이게 어떤 모임인지, 그거부터 좀 정리해야 할 것 같다만은."

예상과는 다른 진행 방향에 나는 조금 어리둥절해졌다. 호진은 광태의 말을 유심히 듣고 있다가 호들갑스럽게 책상을 두들기며 말했다.

"그러면 서기부터 정해야겠네."

병주가 반문했다.

"글 읽는 것도 싫은데 누가 쓰는 걸 좋아하겠냐. 픽도 좋다고 나서겠다.”

그러자 모든 부원들의 시선이 나를 향했다. 호진이가 빙긋 웃으며 말했다. 너는 소설 쓰는 사람이니까 서기는 네가 맡으면 되겠다. 아무 이의 없죠? 호진의 말이 떨어지기가 무섭게 다들 고개를 끄덕였다. 일주일 후에 다음 모임이 있었다. 그때까지 각자 입장을 정하고 오는 것으로 그날 모임을 마무리했다. 나는 우리 모임의 취지를 간략하게 소개해야 했다. 나는 일주일 내내 우리는 누구일까, 우리는 왜 이 모임을 만들었을까를 고민했다. 그러다 문득, 내가 황금 같은 주말에 어째서 이런 고민을 해야 되냐며 침대 위에서 버둥대다가 헛웃음을 지을 수밖에 없었다.

노답. ‘답이 없다’는 말을 줄인 것이다. 누구나 짐작할 수 있듯 SNS를 통해 유행하는 신조어이고 앞뒤로 ‘헬조선’을 곁들이면 비로소 제 뜻이 더 두드러지게 되는 말이다. 승우가 ‘노답청소년협회’를 모임명으로 제시했을 때, 그 말이 우리 청소년 세대를 대표할 만한 키워드라는 것에는 부원 모두가 동의를 했으나 모임 이름으로 내걸기엔 석연찮은 구석이 있었다. 병주는 ‘노답’ 뒤에 ‘No Doubt’을 병기하면 괜찮을 것 같다고 했다. 쏟아지는 정보를 의심 없이 흡수하는 청소년층의 모습을 위트 있게 표현하자는 것이었다. 어쩐지 의미는 더 자조적으로 변했지만 이윽고 모두가 동의했다. 모두가 말하지 않았지만, 거기엔 우리 또한 그 청소년층의 일부임을 반성하는 자기 반성적 함의도 들어가 있었다. 그러자 나는 어쩐지 '노답'이라는 말이 묘하게 슬퍼져서 공연히 속이 쓰렸더랬다.

그리하여 우리는 누구인가.

조금 따분하게 말해보자면, 우리는 학교 도서관에 비치된 청소년 시사 잡지를 돌려 읽으며 여러 사회 문제를 논평하는 고등학교 3학년 학생들이다. 우리 중엔 건축학과를 지망하는 사람도, 또 나처럼 소설을 끄적이는 사람, 아직 진로를 정하지 못해 방황하는 사람, 혹은 진로가 없지만 내신과 모의고사 성적을 합산하여 얼추 맞춰갈 대학 학과를 가려고 결심한 사람도 있다. 1학년 때부터 전교권에서 머무르는 성적 덕택에 선생님의 총애를 받는 사람도 있고, 아무렴 어떻게든 학교 실적을 위해 대학을 보내려는 담임의 등쌀에 휘말려 비틀대는 사람도 있다. 우리는 한국 사회의 문제점에 대해 열변을 토하는 운동가이자 앉은자리에서 모든 걸 해결하려고 하는 현실주의자들이다. 물론 다른 사람들은 우리의 이런 면을 알지 못할 것이다.

우리는 반인반충이다. 우리의 존재는 반쯤은 자랑스러운 이 사회를 이끌어나갈 미래의 경제 주체로 대접받지만 반쯤은 우리를 혐오하는 사람들의 전유물이다. 나이가 어리다는 이유만으로 소외되거나 노력이 부족하다는 이유로 우리는 항상 논의에서 배제되는 사람들이다. 때때로 인내의 한계치를 시험하는 모욕을 당했을 때엔 그 사람들과 싸우려 벌떡 일어서다가, 오히려 우리에게 박힌 화살들을 매만지며 '사실 우리가 틀렸고 저들이 맞는 것은 아닌가'라는 고민에 빠진 채 주저앉는다. 언젠가부터 우리는 '급식충'으로 불렸고 그에 화답하듯 수많은 다름의 특성들은 '○○충'이라는 벌레 개체의 종족 특징이 되어 곳곳에 피어났다.

우리는 남자들, 아들들, 손주들이다. 우리는 우리가 만들어 나갈 장밋빛 미래를 SF영화 보듯 마구 상상하면서도 이것이 우리가 가지고 태어난 성별이 주는 막연한 특권이라는 생각을 어렴풋이 걸치고 사는 사람들이며, 집안일을 도우려고 할 때 엄마나 할머니로부터 남자는 부엌에 들어오면 안 된다는 따스한 자식 걱정을 듣고선 애매하게 머리를 긁적이다가 다시 방으로 들어가는 사람들이다. 우리를 통틀어 부를 말로 '협회 창단원'과 '협회 초대구성원' 중 어느 것이 적절할지 갈팡질팡하다가 인터넷에서 찾아낸 정식 명칭인 '발기인'을 보고서 킬킬대며 자지러지게 웃는 사람들이지만, 대통령의 실정을 풍자하는 단어 가운데 여성에 대한 혐오가 섞인 말에는 웃지 않을 정도의 분별력을 지닌 사람들이다. 그러나 남자고등학교라는 이유만으로 반 아이들과 선생님들의 입에서 무자비하게 쏟아지는 저급한 농담에 불쾌함을 드러내지 못하고 허허 웃고 마는 사람들이다.

우리는 부당한 권력을 향한 대규모 집회가 열리는 토요일마다 학원에서 펜대를 굴리고 있는 사람들이다. 밤 10시가 넘어서면 감사원들에게 걸리지 않기 위해 학원 복도 불을 끄고 창문을 닫은 뒤에 자정까지 남으며 보습을 받거나, 학원이 일찍 끝나는 날엔 부모님에게 허튼 짓 말고 곧장 야자하러 가라는 문자를 받고서 학교로 향하는 사람들이다. 그렇게 사회 문제에 관심 있으면 하루 날 잡고서 광화문으로 달려나가면 되지 않느냐는 질문에, 그러면 '공부하기 싫어서 핑계 대는 거다'나 '청소년들이 뭘 안다고 이런 데 끼어드냐' 정도의 취급을 받지 않겠느냐고 퉁명스레 답하면서도, 사람들 사이에서 밀리고 밟혀 몸이 상했을 때 엄마가 흘릴 눈물에 대한 걱정이, 설령 나가는 게 옳은 일이라 하더라도 이 사회에선 허락되지 않는 사치이므로 우선 공부하는 게 맞다는 마음이, 실은 우리 자신이 만들어낸 허울 좋은 가림막이고 스스로의 열등함을 인정하는 무의식적인 증거가 아닐까, 나는 앞으로도 영영 목소리를 내지 못하고 살아가진 않을까, 그런데 사실 그 편이 더 편하지 않을까, 이렇게 자기검열을 하다 마음을 다친 채 늦은 밤 아빠가 사다놓은 맥주캔을 몰래 따서 수능특강 옆에 놓아두는 사람들이다.

그런 게 싫었다. 그래서 모임을 만들었다. 승우의 주도하에 만들어진 모임이지만 실은 평소에도 이런 고민을 자주 나눴기에 우리 모두가 망설임 없이 이 모임에 들어온 것이기도 했다. 우리는 미래의 주체가 아니라 지금 현재의 주체다. 이런 말을 하고 싶었다. 하지만 나에게는 어떤 타당한 이유로도 부서지지

않을 환멸이 있었다. 그럴 때에 내가 취할 수 있는 최선의 제스
처는 침묵이었다.

　회의는 생각보다 일찍 끝났다. 나를 제외한 모든 부원이 집
회 참여에 동의를 했기 때문이었다. 승우, 병주는 그렇다 치더
라도 호진이하고 광태는 어째서? 나는 다소 억울한 심정이 되
었다.

　"너네 둘은 뭣 때문에 갑자기 생각을 바꾼 거냐?"

　광태가 조심스레 입을 뗐다.

　"생각해봤는데…… 백날 여기서 우리끼리만 떠들어봤자 누
가 인정해주는 것도 아니잖아. 약간의 리스크를 감수하고서라
도 광장으로 나가는 게 당연한 일이라고 봐."

　맞는 말이긴 했지만 광태의 말끝은 오묘하게 날이 서 있었
다. 그가 한 모든 말을 뒤집어보면 결국 참여하지 않는 나만 나
쁜 인간이라는 질책으로 바뀔 여지가 충분했기 때문이었다. 다
른 애들의 눈치를 살폈지만 아무것도 읽어낼 수 없었다. 모두
가 나의 대답을 기다리고 있는 것 같았다.

　"얘들아, 나는 솔직히 잘 모르겠어."

　"뭘?"

　광태가 말했다.

　"촛불 집회 나가는 거 말이야. 뉴스 보니까 우리 말고도 거
기 70만 명이 넘게 참석한다는데, 굳이 우리까지 참여할 필요

가 있을까?"

광태가 말했다.

"그게 네 진짜 이유는 아닐 것 같은데?"

나는 할 말이 없어졌다. 조금은 서운하면서도 화가 나기도 했다. 얘네는 왜 군이 듣고 싶어하는 걸까. 내가 집회에 참여하기를 꺼려하는 진짜 이유를. 솔직히 말해서 나는 안 믿는다고, '집회'라는 말이 지닌 붉뜬 뉘앙스에도 염증이 났고, 니네 생각엔 우리가 거기 나간다고 세계가 조금이라도 바뀔 것 같냐고. 니네가 뭘 알아? 왜 자꾸 나만 못된 사람 취급해? 자유도 좋고, 민주도 좋은데, 뭐가 됐든 그런 것들은 이미 여기에 남아 있지 않아.

그와 같은 말은 한마디도 꺼내지 못한 채, 나는 애꿎은 책상다리만 툭툭 차고 있었다. 승우는 어떻게든지 나를 설득해볼 방책을 궁리하는 듯했다. 병주는 될 대로 되라는 심정으로 반은 자포자기한 것처럼 보였고 호진이는 아무 말 없이 앞니로 아랫입술을 잘근잘근 씹고 있었다. 광태는 이해가 되지 않는다는 것이 너무나도 완연히 드러나는 얼굴로 나를 쳐다보고 있었다. 승우가 서둘러 자리를 수습하려는 듯 양손을 허공에 휘휘 저으며 말했다.

"오늘 모임은 이쯤하자. 우리 중에 한 사람이라도 불편해하면 집회에 참여 안 하는 게 맞다고 봐. 개인적으로라도 참여하고 싶은 사람은 알아서 하는 걸로 하자."

대충 봉합한다고 해서 아물 문제는 아니었는데 승우는 자꾸만 일을 마무리 지으려 했다. 덕분에 모두가 같은 공간에 있었는데도 나 홀로 외딴 곳에 처박혀 둥둥 떠다니는 느낌이었다.

"너무 복잡하게 생각하지 마. 이번 기회 아니면 언제 이런 데에 가보겠냐?"

자리에서 일어난 호진이 내 어깨를 툭툭 치면서 말했다. 나를 어떻게 좀 달래려고 붙인 말 같긴 했는데 지금 나의 마음 상태로는 먹히지도 않을 위로였다.

"넌 왜 마음이 바뀐 거야?"

"나?"

나는 고개를 끄덕였다.

"나야 뭐…… 나는 그냥 재밌는 경험하러 간다고 생각하는 거야. 엄청난 포부나 담력이 있어서 가는 건 아니고…… 그냥 같이 있으면 좋잖아? 흔치 않은 경험이기도 하고, 또…… 우리가 나쁜 일 저지르러 가는 것도 아니니까."

"그게 다야?"

내가 물었다.

"이것만으로도 충분하지."

호진이 답했다.

망설이는 순간에도 애들이 나를 오해할까 봐 걱정되었다. 내게 집회 참여는 옳고 그름의 문제가 아니었다. 나는 그것이 무서웠다. 거기서 목도하게 될 엄청난 인파와 그들이 낼 고함,

그리고 우리를 휘감을 과잉된 분위기까지. 분명히 거기엔 그런 것들이 존재할 것이었다. 아직 뼛속까지 절망해보지 않은 사람들만이 가질 수 있는 질 낮은 희망이나 혹은 자신이 겪은 절망을 무기처럼 휘두를 사람들의 단호함 같은 것들 말이다.

무서운 것과 무섭지 않은 것은 동전의 앞면과 뒷면이고 그걸 결정짓는 순간은 언제고 내 앞에 당도할 것이었다. 이 동전이 모로 서 있을 일은 없을 것이므로 분명히 어느 쪽으로든 뒤집어진다. 같은 뜻을 가진 사람들과 한 공간에 있다는 것만으로도 위로가 될 수 있었지만 그게 내가 지닌 환멸을 지워버릴 만큼 강력하진 않을 것이었다. 그러나 호진이의 마지막 말은 내 안의 동전을 살며시 옆으로 눕혔고 그것이 움직이지 않도록 가볍게 눌러주고 있는 것 같았다. 그걸 용케 읽어낸 승우가 아예 오금을 박듯이 말했다.

"광화문에서 만날 순 없으니까 내일 2시 반까지 학교 앞 정문에서 만나자. 추우니까 옷들 잘 챙겨 입고 나와."

우리는 모임을 마치기로 예정했던 시간보다 좀 더 남아서 그날에 있을 출정식을 계획했다. 나도 자리에서 일어나지 않고 거기 남아 있었다. '어차피'와 '그래도' 사이에서 우왕좌왕거릴 바에야 속는 셈치고 다 같이 가보는 것도 나쁘진 않을 것 같았다. 먼저 말을 꺼낸 사람은 호진이였다. 각자 촛불을 상징하는 노란색 티셔츠를 입고 오자고 했다. 그 의견은 곧바로 수많은 반발에 부딪혔다. 결국 우리는 상의는 흰색으로, 하의는 검정

색으로 맞추자고 했다. 가슴에는 색마분지를 오려 만든 '뫼비우스의 띠'를 붙이기로 했다. 그건 광태의 의견이었다. 노란 리본 모양에서 횅하게 드러난 아랫부분을 우리가 메워주자는 의도였다. 영원히 잊지 않고 계속 기억하겠다는 의미와 '뫼비우스의 띠'라는 영속성의 상징이 기막히게 떨어지는 심볼이었다. 내친김에 그것을 '노답청소년협회' 공식 심볼로 정하자고 병주가 말했고 모두가 수긍했다. '뫼비우스의 띠'는 손재주가 좋은 병주가 맡기로 했다. 그리고 깃발…… 깃발이 필요했다. 다행히도 깃발 제작 역시 병주가 도맡아서 하겠다고 나선 덕분에 일단락되었다.

모임이 끝날 때쯤엔 각자 맡은 것이 하나씩은 있었다. 회장인 승우는 행진 1시간 동안은 혼자 깃발을 들고 걸어가기로 했고 이후부터는 30분 간격으로 나머지 부원들이 돌아가며 드는 것으로 순번을 정했다. 병주는 '뫼비우스의 띠'와 간이 깃발을 만들기로 했고, 광태는 그날 걸어가며 간단히 먹을 간식을 챙겨오기로 했다. 호진은 휴대용 에그를 들고 오기로 했다. 일전에 본 뉴스 때문이었다. 엄청난 인파에 통신 기지가 마비 상태여서 모바일 데이터는 물론이고 수신 신호조차 잘 잡히지 않았다는 것이었다. 그렇게 하나둘 임무를 맡고 난 뒤에 나는…… 정작 내 차례가 되었을 땐 딱히 맡을 만한 일이 남아 있지 않았다. 난색을 표하는 나를 보며 승우가 웃었다. 너는 소설가니까 내일 일들 잘 봐뒀다가 나중에 꼭 써라. 네가 할 일은 그거야.

다른 애들은 내가 집회에 참여하기로 결심한 게 호진이의 말 때문일 거라고 생각하겠지만, 실은 그것 때문만은 아니었다. 참여 여부를 망설이다가 그냥 자리를 박차버릴까 생각했을 때, 가방 앞주머니에 꽂혀 있던 노란 리본 배지가 내 눈에 들어왔었다. 나는 순식간에 3년 전 4월 그때로 돌아갔다. 방명록은 구청 앞 분향소로 들어서는 길목에 놓여 있었다. 거기에 '잊지 않겠습니다'라는 문장을 쓰면서도 웬지 모르게 헛된 약속을 하고 돌아서는 느낌이라 마음이 석연치 않았었다. 나는 어떠한 고통 앞에선 중립을 지키는 것이 불가능하다는 것을 그때 깨달았다. 나는 자유를 원하지만, 자유를 위해 피 한 방울 흘릴 자신도 없는 사람이다. 그래도 나만큼은 나를 사랑했다. 내가 집회 참여를 결심한 것도 그 때문이었다. 무엇보다도 스스로에게 떳떳하지 않은 이를 사랑의 대상으로 삼을 순 없었으니까.

나는 나를 마음 놓고 사랑하고 싶었다.

2

이제 좀 걷자고 승우는 말했다.

우리는 전철역을 통해 광화문으로 가려고 했으나 많은 인파로 인해 이미 운행이 통제된 상태였다. 시청역에서부터 서울광장을 지나다가 행진할 시간이 되었을 때 광화문 쪽으로 이동하기로 했다. 승우는 아까부터 팔을 떨고 있었다. 그걸 보던 병주가 깃대를 받아들었다. 엉성하게 붙인 로고가 깃발 위에서 아슬아슬하게 펄럭거렸다. 전날 급하게 만든 색판지 로고와 맑은 고딕체로 디자인한 모임명이 새겨진 깃발이었다. 호진은 에그를 틀며 페이스북과 트위터를 통하여 집회 현황을 실시간으로 업로드했고, 승우는 준비해온 핫팩을 꺼내서 우리에게 건넸다. 광태는 밤 새워 구운 쿠키를 락앤락에 꽉꽉 담아왔다. 나는 좀 전에 병주에게서 받은 임시 배지를 부원들의 가슴께에 하나씩 달아주었고, 머지않아 청와대로의 행진을 외치는 알림이 울려퍼졌다. 우리는 깃발을 흔들며 세종대로 사거리에 이르렀고 노래를 함께 흥얼거렸다.

우리는 차량 통행이 완전히 사라진 도로를 건너며 셀카봉을 꺼내 사진을 찍었다. '노답청소년협회'에 첫 출정식이니 꼭 사진으로 남겨놓자는 의미였다. 코트 주머니에서 셀카봉을 꺼내자 뒤쪽에서 행진하던 사람들 중 핸드폰 화면에 잡힌 몇몇은 우리와 같이 손가락으로 'V'를 만들었다. 도로 중간마다 봉사를 나온 어린 아이들도 보였다. 나이를 물어보니 초등학생이라고 했다. 쓰레기는 여기다가 버려주시라며 제 몸만한 종량제 봉투를 손에 들고 있었다. 나는 그 모든 것을 보고 있었다.

광장은 넓었고 밤바람이 셌지만 습기를 머금은 탓에 포근했다. 우리는 전날 단톡방에서 나누었던 추후 모임 활동에 대한 의견들과 다른 고등학생들이 쓴 선언문을 얘기하며 걸었다. 우

리 목소리가 꽤나 컸을 텐데도 아무도 공부와 입시와 나이 운
운하는 얘기를 꺼내지 않았다. 몸에서 열이 났으므로 나는 핫
팩을 떼어 주머니에 넣었다. 두껍게 옷을 입고 오긴 했지만 저
마다 내뱉은 날숨으로 공기가 점점 뜨거워지는 듯했다. 당초
계획은 청와대까지의 행진이었지만 중간에 행로를 놓치는 바
람에 계속 광장에 머무르는 것으로 바뀌었다.

우리는 둥글게 모여 서 있다가 동상 앞에 마련된 간이 부스
로 가 보았다. 앞으로 어떤 세상을 꿈꾸는지 적어달라는 패널
이 있었고 흰 우드락 위에 노란 포스트잇이 가득했다. 승우와
병주와 광태가 각자 그것을 적으며 고민하는 동안에 호진은 바
지 주머니에 손을 넣고 교보빌딩을 바라보고 있었다. 저곳이
우리가 알던 그곳이 맞느냐고 그가 내게 물었다. 아마도 우리
가 자주 마주하던 그 교보빌딩 같긴 한데 뭔가 다르게 느껴진
다고 했다.

무언가가 있다고…… 여기엔 무언가가 있다고 나는 생각
했다.

민주, 자유, 혁명…… 그런 무겁고 어려운 단어들로 표현될
수 없는 무언가가 분명 이곳에 가득 들어차 있었으므로 나는
그것을 느꼈다.

청와대로 가는 사람들과 광장에 머무를 시민들의 인파가 어
느 정도 정돈되자 우리는 하나둘씩 준비해온 물품들을 꺼내기

시작했다. 서대문 방향으로 뻗은 플라타너스 가지들이 큰 차양을 만들고 있었고 하얗게 벗겨진 몸통은 색색의 조명을 받아 아름답게 빛나고 있었다. 더는 깃발을 들고 있을 필요가 없었다. 사회자가 앞에서부터 차분히 한 걸음씩 뒤로 가주시라는, 앉으셔야 할 분들이 앉지 못하고 있다는 말을 하자 거짓말처럼 수많은 머리통의 물결이 요동쳤다. 우리는 자리에 앉았다. 나는 바닥에 손을 대고 있었는데 시멘트 바닥의 차가운 한기가 손바닥을 뚫고 올라왔다. 문득 아까 전 보았던 교보빌딩과는 다르게 이곳이 무척 낯익다는 느낌을 받았다. 낯익은 냉기였다. 이제 이 추운 겨울이 끝나고 우리는 봄 속으로 들어갈 텐데, 이 겨울로조차 끝내 넘어오지 못하는 사람이 이곳에 있었다. 문제집을 사기 위해 교보문고를 오가며 수없이 지나쳤던 노란 봄이 이곳에 머물러 있었다. 생각해보니 시청역에 내려서부터 나를 사로잡은 어떤 느낌은 조짐이 아니었느냐고 나는 자문했다.

조짐?

갑자기…… 라는 것은 실은 그렇게 갑자기는 아닐 때가 대부분이었다. 대체로 전부터 있어온 어떤 조짐이 있었다. 우리가 모르는 척을 하고 있었을 뿐이지 이 조짐은 언제고 도처에 있었어. 나는 불꽃에 손바닥을 덴 것처럼 화들짝 놀랐다. 조짐을 무너뜨리는 또 하나의 조짐…… 한없이 투명하고 적나라한 조짐…… 그것들은 무언가가 시작되거나 끝나간다는 것을 의미했다. 이들은 무엇에 저항하고 있나. 모든 것을 하찮게 만드는 조짐을 감각케하는 것을 불가능하게 하는 조짐에. 대기를 가득 메운 조짐이 이곳에 있었다. 이미 풍경을 바꾸고 온도를 바꾸는 무언가가 멀리서부터 조금씩 밀려오고 있었다.

어디선가 종소리가 들렸다. 상여를 이고 가며 청와대로 이동하는 사람들이 은종을 흔들며 구호를 외쳤다. 퇴진하라. 퇴진하라. 모든 주권은 국민으로부터 나온다. 국민의 명령이다. 퇴진하라. 퇴진하라.

사람들이 박수를 치며 환호했다. 승우가 아랫입술을 두텁게 모아 풀피리 소리를 내며 한 손을 흔들고 있었다. 깊이 생각할 겨를도 없이 나도 박수를 쳤다. 이런 것이었구나, 이런 것이었어. 사실은 별것도 아니었는데 친구들에게 미안해져 괜히 웃음이 났다.

호진이 나를 보며 환하게 웃었다.

"거 봐. 내가 아무것도 아니랬잖아."

나도 환하게 웃었다.

"그러게. 정말 아무것도 아니네."

하늘이 온통 까맸다. 청와대를 향해 간 행렬이 드디어 목적지에 도착했다고 사회자가 알렸다. 하나둘씩 촛불을 새로 꺼내기 시작했다. 미처 양초를 준비해오지 못한 사람들은 손전등이나 휴대폰 라이트를 켜고서 하늘 높이 번쩍 들고 있었다. 전체가 동시에 10초간 함성을 지르자고 했다.

"아, 난 아까 행진하면서 목 다 나갔는데."

병주가 볼멘소리를 하며 목을 가다듬고 있었다. 승우가 동상 옆에 세워둔 깃발을 줍고 높이 들었다. 나는 이 모든 풍경이 믿기지 않아서 뒤를 돌아보았다. 어떻게 이들은 서로를 믿고 이곳에 나와 있는가. 그 질문은 곧 나를 내내 괴롭혀 온 하나의 물음과 맞닥뜨렸다. 나 하나 외친다고 바뀔 세상이었으면 진작 뒤집어지고도 남지 않았을까. 나는 앞뒤로 펼쳐진 불빛들의 너울을 보면서 깨달았다. 열일곱 살의 내가 어두워져가는 방의 벽에 기대앉아 DMB를 켜놓고, 왜 나는 살아 있는가를 끝없이 질문하며 고통스러워했던 많은 지난날들의 의미를. 학교 정문에서 시청역까지 가는 지하철 안에서도 나는 계속 스스로에게 반문했다. 왜 이 세상은 이토록 절박하면서 폭력적인 것인가. 더는 인간을 껴안을 수 없을 것이라고 생각해온 그 시점에서, 여기 앉아 있던 누군가는 이 세계를 껴안기 위해 힘껏 외치고 있었다. 누군가를 찢고 부러뜨리는 이 거리에서 어떻게 존엄과 사랑을 외칠 수 있는가. 그게 가능한 일인 것인가.

이제는 열일곱 살의 나에게, 그리고 승우와 병주와 광태와 호진에게 비로소 더듬더듬 말할 수 있을 것 같았다. 무언가를 사랑하기 때문에 우리는 절망하는 거라고. 존엄과 사랑을 믿기 때문에 고통을 느끼며 아득한 나락에서 홀로 울 수 있는 것이라고. 그러니까 이 고통이야말로 우리가 서로를 사랑하고 존엄케 여기고 있다는 것의 가장 확실한 증언이라고.

아무것도 아닌 것을 아무것도 아니게 하는 동력은 어디서 나오나.

나는 명치께가 쓰라려서 침을 삼켰다.

"미안해."

나도 모르게 그런 말이 나왔다. 그것은 단순히 내가 집회 참여를 망설인 것에 대한 미안함만은 아니었다. 그리고 '노답청소년협회' 부원들에게만 표현하는 미안함도 아니었다. 병주가 내 허벅지를 툭툭 두드리며 말했다.

"네가 왜 미안해 해. 진짜 미안해 해야 할 사람은 저기 따로 있는데."

승우가 '노답청소년협회'의 깃발을 들고 일어섰다. 광태가 서둘러 락앤락 뚜껑을 닫아 가방에 넣었다. 호진은 자신의 가슴팍에 달린 '뫼비우스의 띠' 모양의 임시 배지를 만지고 있었다. 테두리를 만지는 호진이의 손이 눈에 보일 정도로 덜덜 떨리고 있었다. 나는 호진이의 손을 붙잡고 좀 전에 넣어두었던 핫팩을 꺼내 쥐어주었다.

"아직 완전히 식진 않았구만."

호진이 너스레를 떨며 핫팩을 받아들었다.

모든 사람들이 자리에서 일어나 있었다. 사회자가 음절 하나하나에 힘을 실어 말했다. 하나, 둘, 셋, 하면 다 같이 크게 함성을 지릅시다. 하나, 둘. 우리는 속에서부터 올라오는 소리를 목구멍 밖으로 밀어내려다 일순 멈칫했다. 어디선가 굉장한 울림이 들려왔다. 마치 광장 전체가 하나의 거대한 구로 둘러싸인 듯한 공명이었다. 아무래도 서울 광장에 모인 사람들이 먼저 시작한 것 같았다. 몸을 떨게 만드는 압도적인 진동이 발끝을 타고 올라왔다. 나는 발가락과 발뒤꿈치를 단단히 바닥에 붙였다. 먼 곳에서부터 땅이 흔들리는 것이 느껴졌다. 공명은 점차 웅장해지면서 서서히 이쪽으로 다가오고 있었다.

승우가 힘껏 좌우로 깃발을 흔들었다. 찰나에 우리의 눈이 허공에서 마주쳤다.

나는 다시 한 번 뒤를 돌아보았다.

'아름다운' 전태일의 사상

사회는 내가 가장 좋아하는 과목 중 하나다. 사회 과목을 통해서 사회 구조가 어떻게 사람들의 삶에 영향을 미치는지 배워나가는 게 정말 재밌기 때문이다. 특히 한 사회의 구조를 혁신적으로 변화시키는 데 영향을 미친 인물들의 이야기는 더욱 흥미롭게 다가오곤 한다. 보통 사람들은 사회 구조는 이미 정해져 있기 때문에 그것을 바꾼다는 생각은 하지 못하고, 어떻게 하면 그 사회 구조에 더 잘 맞는 사람이 될지, 나아가 어떻게 하면 그 사회 구조를 더 잘 이용할 수 있을지를 계산하기까지 한다. 그리고 그런 계산이 성공적으로 이루어진 삶을 윤택하고 아름답다고 여긴다. 하지만 나는 조금 다르게 생각한다. 사회를 이루는 것은 결국 그 사회를 살아가는 시민들이고, 그렇기 때문에 사회 구조를 바꿀 수 있는 것도 역시 시민들이다. 물론 그럼에도 불구하고 사회 구조를 바꾸는 것은 쉬운 일이 아니다. 시민들이 힘을 합칠수록 그 힘이 강해지는데 대부분의 사람들은 사회 구조를 바꾸기보다는 어떻게 잘 순응할지를 고민하기 때문에, 그리고 사회 구조를 바꾸려 노력하는 삶보다 잘 적응해나가는 삶이 육체적으로는 더 편한 삶이기 때문에, 그런 환경 속에서 그래도 사회 구조를 바꾸겠다고 마음먹는 것은 사실 너무 어려운 일이다. 그렇게 어려운 상황에서도 마침내 사회 구조를 개혁해낸, 그런 삶이야말로 바로 '아름다운' 것이 아닐까. 그리고 그런 '아름다운' 삶을 살아낸 사람이 바로 전태일이다.

사회 시간에 사회 불평등, 특히 자본가와 노동자 사이의 불평등에 대해 배우게 되면서 나는 자연스럽게 전태일에 대해 떠올렸고 문득 그에 대해 궁금해졌다. 실은 전태일이라는 이름은 어렸을 적부터 사회 시간뿐만 아니라 역사 시간, 윤리 시간에도 익히 들어왔기 때문에 낯설지 않은 이름이었다. 그리고 그가 노동자들의 인권을 위해 희생했다는 사실도 알고 있었지만, 그가 어떤 이유로 극단적인 선택까지 했어야만 했는지, 어떤 인생을 살아왔는지, 또 그의 사상은 어떤 것이었는지는 정확히 몰랐기에 이 책을 읽게 되었다. 사실 나는 이 책과 같은 한 인물의 일대기를 다룬 책이나 위인전을 별로 좋아하지 않았었는데, 유일하게 전태일 평전은 처음부터 끝까지 책을 놓지 못하고 금세 읽어냈다. 이 책을 끝까지 읽어낼 수 있을까 고민했던 내가 이렇게 이 책을 집중하며 읽어낼 수 있었던 것은, 무엇보다 이 책은 단순히 한 인물의 일대기 이상의 의미를 가지고 있기 때문이 아닐까 생각한다. 책에 쓰여진 전태일의 삶의 모든 부분에서 우리는 전태일의 삶뿐만 아니라 당시 노동자의 삶에 대해 생각할 수 있고, 당시의 사회 구조가 얼마나 불평등했고 폭력적이었는지에 대해 생각할 수 있다.

나는 이 책의 내용 중에 기억에 안 남는 부분이 없을 정도로 모든 부분에서 전태일과 함께 슬퍼하고 아파했고, 감탄하기도 했는데, 그 중에서도 가장 인상적인 부분이 있다. 바로 '전태일 사상' 부분에서, 전태일이 심적으로 지쳐 있을 때 친구인 원섭에게 보내는 편지를 통해 전태일의 사상을 정리한 부분이다. 인간적인 대우를 받지 못한, 피해를 입은 민중들이 그 피해를 자신의 탓으로 돌리기 시작함으로부터 개혁이 사라진다는 부분은 읽으면서 몇 번이고 되뇔 만큼 많은 것을 생각할 수 있었는데, 아마도 그 구절에서 내 주위의 환경을 떠올렸기 때문일 것이다. 이러한 환경은 주위를 둘러보면 너무나 쉽게 발견할 수 있는데, 성소수자들의 경우에도 단순히 의견 차이의 문제를 떠나 그들을 향한 인격적인 모독과 폭력들의 대상이 되었음에도 가해자들을 향해 분노하기보다 자신들의 정체성을 탓하고 자책하는 상황에서 이 구절의 상황을 확인할 수 있다.

또 페미니즘이 화두인 요즘, 나는 여성들도 이 이야기에 공감할 것이라고 확신한다. 여성들에게 가해지는 탄압과 폭력들이 만연함에도 여성들은 지금까지 그것에 반발하기보다 오히려 그 폭력을 자신의 탓으로 돌리고, 아파하면서도 자신들이 더 나아져서 그 폭력의 피해자가 되지 않으려 노력했다. 나 역시 그 중 하나로서, 이러한 부당하면서도 이상한 상황을 말로는 정의하지 못하고 생각하기만 하다가 책 속의 구절을 보고 한참을 감탄했다. 이러한 상황이 최근이 아닌 1970년대부터 있었던 상황이었다는 점에서 놀랐고, 그 어려운 시대에서 전태일의 용기와 사상이 얼마나 따뜻하고 놀라운 것인지를 알 수 있었기에 더욱 놀랐다.

또한 아직까지 기억이 나는 부분 중 하나는 모든 인간이 서로가 서로의 '전체의 일부'라는 부분이다. 사회에서 어떤 사람도 차별받지 않고 부당한 대우를 받지 않을 때, 그때야 비로소 평등이 완성된다고 전태일은 생각했다고 하는데, 이 부분은 앞의 경우와 반대로 내가 이 말에 공감하면서도 실제로는 지키지 못해, 나 자신을 성찰할 수 있었던 부분이라 기억에 남는다. 나는 여성이기 때문에 여성들의 권리에는 관심이 많고 공부하려 하지만, 또 다른 약자인 장애인들의 권리에는 단순히 내가 비장애인이기 때문이라는 이유로 큰 관심을 두지 않았던 것이 부끄럽지만, 사실이다. 아마 나와 같은 사람들이 많은 것이라고 생각하는데, 이렇게 자신이 속한 사회 계층의 권리에만 관심을 보인다면, 그것은 얼마나 치졸하며 또 다른 사회적 약자들을 향한 폭력이겠는가.

이처럼 전태일의 사상과 삶은 2017년 지금까지도 수많은 사람들에게 배움을 주고, 깨달음을 주고, 성찰하게 해준다. 나에게는 특히 진정한 평등은 무엇인지 숙고할 수 있는 기회를 주었고, 또 그것을 위해서 올바르게 운동하려면 어떻게 해야 하는지를 알려준 책이라 의미가 깊다.

마지막으로 전태일이 '아름다운' 이유를 생각하며 이 독후감을 마무리하고자 한다. 글의 초반부에 언급했듯 사람들은 사회 구조에 성공적으로 순응한 편안한 삶을 아름답다고 여기지만, 오히려 그 불평등한 사회 구조를 개혁하려고 끊임없이 고되게, 불편하게, 힘들게 살아오다 마침내는 결국 가장 끔찍할 만큼 자신을 희생해가며 사회 구조를 개혁해낸 그가, 역설적으로 진정한 아름다운 사람, '아름다운' 전태일일 것이다.

토마손*

빛바랜 천막 속
사람들은 모두 닮은 표정으로 앉아 있다
지난 새벽의 슬픔은
누런 결정이 되어 눈가에 틀어박혔다

'체불 임금 지급하라'
플래카드 속 글자도
목 꺾인 풀처럼 바람에 흐느적거렸다

무노동 무임금,
갑자기 공사현장이 가압류 된 후
추적추적 내리는 여름비 속에서
남겨진 사람들은 몸을 맞대고
그 열대야 같은 단어를 견뎠다

앙상한 철골이 드러난 공사현장 주위에는

가동을 멈춘 크레인들이 놓여 있었다

셔터를 내린 식당 앞에서

사람들은 하염없이 담배를 태웠다

흘려보내려던 것이 담배연기뿐이었을까

뻑뻑 피어나던 먹빛 연기는 금세 바람에 흩어졌지만

더욱 깊은 곳에서 피어나는 슬픔은 바람도 어쩌지 못했다

색 빠진 헬멧에는 여기저기 부딪힌 자국들이

훈장처럼 남아 있다 천막 한 구석에서

때탄 헬멧을 어루만지는 인부들의 거친 손

의향로에는 적막만 먹구름처럼 밀려왔다

갑자기 드리워진 그늘 때문에

볕을 빼앗긴 차양처럼

끝을 가로막고 선 벽 때문에

도착지를 잃어버린 계단처럼

갈 곳을 잃어버린 사람들만

짓다만 빌딩과 함께 덩그러니 남겨져 있었다

* 토마손(トマソン): 건물이나 공공시설을 철거하거나 리모델링하는 과정에서 불필요하게 남겨졌지만 철거에 비용이 더 많이 들기 때문에 무관심 속에 그대로 남겨진 것들을 이르는 표현.

동대문의 밤

홀로 개화 시기가 다른 꽃처럼
밤에 피어난 동대문 시장
화려한 불빛을 뿜어내는 쇼핑센터 옆에는
남루한 천막이 줄지어 서 있다

얼기설기 엮어
대충 지붕만 덮어놓은 파란 천막 안에서
지게를 진 노인이 걸어나온다
빛바랜 고무의자 위에는 한 입 베어 문
토스트가 덩그러니 남겨져 있다

노인은 초승달처럼 둥글게 굽은 허리에
수십 개의 박스가 얹힌 지게를 지고 걸어간다
매일 밤 그가 날라야 하는 건
잡화라기보다 생계의 무게여서
그는 묵묵히 녹슨 다리를 굴렸다

그의 머리칼은 한때 울창한 숲을 이뤘지만
매일같이 정수리를 짓누르는 상자에 함부로 벌목당해

이제 그의 머리는 민둥한 맨살을 드러내고 있었다

가파른 계단을 오르는 데는 지팡이 하나면 충분하다고,
누렇게 변색된 이를 꾹 깨물고 말하는 노인
지팡이를 짚은 손이 후들거렸다

짐을 내려주고 터덜터덜 계단을 내려오는 길
노인은 약 값 없어 먼저 보낸 아내와
이제는 희미해진, 어린 시절의 꿈들을 생각한다
살기 위해 금세 잊어버렸다고 큰소리쳤던 것들,
빈 지게처럼 텅 빈 노인의 속에서
위산처럼 쓰린 감정이 복받친다

노인의 그림자가 화려한 동대문 상가 불빛에
조각조각 잘려나간다
누더기 같은 천막이 점점 가까워진다
의자에 놓인 토스트는
이미 차갑게 식어 있었다

재봉되지 않는 날들

손바닥만 한 창문이
검은 밤을 조각보처럼 잘라낸다
공장은 새하얀 조명에
충혈된 눈을 부릅뜨고 있다
쉬지 않고 돌아가는 기계소리는
밤비의 부드러운 속삭임을 무심하게 끊어낸다

사람들의 지문은 각기 다른 모양이지만
재봉틀의 미싱소리는 늘 같은 음으로 토막났다
재봉틀 바늘에 꿰매어진 듯 미동 없는 눈동자에는
한 톨의 빛도 남아 있지 않았다

구겨진 옷감을 다리는 사람들의 허리는
남몰래 품은 꿈을 그러안듯 굽어졌지만
남의 옷감을 재단하는 사이 꿈은
물 빠진 옷처럼 자꾸만 희미해졌다
본래의 색이 무엇인지, 도무지 알 수 없을 만큼

사람들은 멀어지는 꿈을 향해

부지런히 재봉틀 페달을 밟았지만,
발목은 점점 더 야위어만 갔다

늙은 전구는 자꾸만
깜빡깜빡 졸고,
닳아가는 지문처럼 표정이 지워진 사람들은
하염없이 미싱을 돌렸다
쌓여가는 적막 속, 재봉틀 소리만
사람들의 마음처럼 까맣게 그을린
밤을 찢고 울려퍼졌다

지워진 마을

표지판도 없는 버스 정류장
덩그러니 녹슨 의자만 놓여 있다

주차장에 방치된 차들은 언제부터 움직임을 잃은 채
쏟아지는 볕을 견디고 있었던 걸까
새까만 본네트에서 아지랑이가 피어난다

맞은편 유리문을 열어젖힌 반찬 가게에는
이따금씩 파리만 들렀다 갔다
노파는 장식뿐인 앞치마를 두른 채
가게 밖 의자에 앉아 복개천을 물끄러미 바라본다

복개천 너머 뻥 뚫린 부지에는
여름밤 날파리들처럼 흙먼지만 잔뜩 일었다
드문드문 덜 치워진 철골들과
먼지 쌓인 정글짐이 유적처럼 남아 있다
허물어진 벽돌담에 희미하게 새겨진 글자
선산 초등학교 봉천 분교 (선상동로 163-10)
크레인에게 빼앗긴 주소가 시간에 삭아가고 있다

사람들이 떠나가기 전
복개천은 언제나 아이들 웃음소리로 붐볐다
딱지치기, 술래잡기, 소꿉놀이…
조그만 마을에서 아이들의 유일한 놀이터였던 복개천
노파의 어린 자식들도 모두 저곳에서 자랐다

이제 노파의 일과는 간결해졌다
사람들이 떠나간 자리를 바라보는 것,
생사를 확인하러 들르는 이웃들과
가끔 막걸리 한 사발 들이키며
단물 빠진 껌 씹듯 지난날을 되새김질하는 것

노파의 시든 눈동자에는
마른 풍경들만 앉았다 갔다
지워진 마을,
어귀의 낡은 이정표가
바람에 힘없이 덜렁거린다

인간을 위한 나라는 없다

"어렸을 땐 구별이 잘 안 갈 수도 있습니다. 뒤늦게 정상적으로 변하는 경우도 있어요."

내가 태어났을 때 의사는 이렇게 말했다. 자신들과 달리 반점 하나 없는 내 살갗을 보는 엄마와 아빠의 얼굴에서는 실망스러운 표정이 지워지지 않았다. 의사와 간호사도, 부모도 말을 잇지 못했다. 간호사는 나를 인큐베이터 안에 뉘인 후 이름표에 커다랗게 '인간'이라고 적었다. 그날 내게 붙은 인간 이름표는 그 후에도 쉽사리 떼어지지 않았다. 나는 반점 투성이 신생아들 사이 섬처럼 혼자 우뚝 솟아 있었다.

엄마는 내가 좀비가 될 수 있다는 희망을 버리지 않았다. 나는 매달 엄마를 따라 집에서 꽤 먼 곳에 있는 병원에 찾아가서 좀비 유전자가 나타날 가능성은 없는지 검사를 받았다. 피부 재생을 억제해 좀비화시키는 약이 있다는 소문을 들은 엄마는 그 병원을 수소문해 찾아냈다. 워낙 비싸 인간들은 감히 구할 엄두도 내지 못하는 약이었다. 엄마가 아빠의 눈을 피해 계속 약을 처방받아 왔지만 아무리 먹어도 곪았던 피부의 상처에는 새살이 돋아났다.

인간들은 좀비 사이에서 돌연변이로 불렸다. 아이가 세상에 나오기 전까지 부모는 자식이 인간인지 좀비인지 알 수 없었다. 인간은 복불복처럼 태어났고 그 수는 극히 적었다. 어린 인간 중에는 유전자가 늦게 발동되어 자라며 서서히 좀비로 변해가는 경우도 있었다. 부모님은 내가 그럴 거라고 굳게 믿었다. 때문에 내가 보는 책에는 언제나 좀비 그림이 가득했다. 벽에도, 책상에도, 이불에도 좀비가 득실거렸다. 그들은 내게 좀비용 이유식을 먹였다. 익히지 않아 비릿한 동물의 뇌, 내장 등이 입에 들이밀어질 때마다 구역질이 올라왔다. 자꾸 게워내도 꿋꿋이 좀비 음식을 주었다. 내가 점점 말라가자 결국 부모님은 숟가락을 내던졌다. 그들은 인터넷에서 주문한 인간 음식을 허겁지겁 먹는 나를 괴물 보듯 바라보며 울었다. 그렇다고 내게 인간 음식을 만들어주지 않았다. 주문시킨 음식의 포장지를 뜯어 접시에 담아주는 것, 그게 다였다.

내가 유치원 갈 나이가 되자 엄마는 도시 곳곳의 유치원을 돌아다녔다. 인간을 받아주겠다고 선뜻 나서는 곳은 아무데도 없었다. 어쩔 수 없이 나는 매일 엄마 차를 타고 집에서 꽤 떨어진 지역의 유치원에 가야 했다. 처음에 유치원 아이들은 나를 신기하게 쳐다보았다. 피부를 만지작거리기도 하고 나와 자신을 비교해보면서 재미있어 했다. 얼마 지나지 않아 나를 향한 아이들의 호기심은 수그러들었고 자연스럽게 좀비들 사이에 섞여 놀 수 있었다. 그러나 학예회 이후 내가 유치원에 다닌다는 소식은 학부모들 사이에서 빠르게 퍼졌다. 아이들의 눈빛은 하나둘씩 바뀌었고, 불과 며칠만에 내 주변에는 아무도 남지 않게 되었다. 아이들은 모두 나를 이름 대신 인간이라고 불렀다.

오후마다 돌아오는 낮잠 자는 시간, 아무도 내 옆에 누우려 하지 않았다. 나는 매일 혼자 떨어져 구석에서 잠들었다. 잠에서 깨어나자 팔이 온통 푸른색과 붉은색 반점으로 뒤덮여 있었다. 한 아이가 내민 손을 잡으려는 순간 내 머리 위로 차가운 물이 쏟아졌다. 얼굴에서 푸른색과 붉은색 물감이 섞여 자줏빛 물이 흘러내렸다. 물이 묻은 팔을 문지르자 좀비 같던 피부는 다시 인간의 것으로 돌아왔다.

아이들이 달려들어 내 온몸을 문질렀다. 물감이 벗겨지고 살갗이 새빨갛게 변했다. 한 남자아이가 내 바지를 잡고 있는 힘껏 잡아당겼다. 그는 가차없이 팬티까지 벗겼다. 여자 아이들이 비명을 지르며 사방으로 도망쳤다. 좀비들의 수많은 눈동자가 내 알몸을 훑었다. 비명소리를 들은 유치원 선생님이 다가오자 남자아이는 내게 옷을 집어던지고 다른 아이들과 함께 달아났다.

엄마가 유치원에 데리러 왔을 때 나는 교실 구석에 죽은 듯이 누워 있었다. 얼룩덜룩한 내 몸에는 누군가가 손톱으로 할퀸 자국이 가득했다. 얼굴, 팔, 다리 모두 성한 곳이 없었다. 엄마가 나를 잡고 흔들자 그제야 눈을 떴다. 유치원 원장은 엄마의 눈치를 살피며 말했다.

"아이들이 시체 놀이를 한다고 했는데…."

엄마는 집으로 돌아가는 내내 유치원에서 있었던 일을 꼬치꼬치 캐물었다. 운전대를 잡은 엄마의 손이 부르르 떨렸다. 엄마와 내가 유치원으로 되돌아갔을 땐 아직 원장이 퇴근하기 전이었다.

"CCTV 좀 보여주세요."

왜 그러냐는 원장의 물음에 엄마는 내 이야기를 되풀이했다. 하지만 원장은 영상을 보여줄 수 없다고 했다.

"CCTV를 확인하려면 학부모님들의 동의가 있어야 합니다."

엄마가 아무리 갖은 말로 애원해도 원장은 법으로 정해져 있다는 말뿐이었다. 원장은 일단 학부모들과 이야기해보겠다고 했다. 학부모들 중 CCTV 화면 공개에 동의한 이는 역시나 아무도 없었다. 엄마는 결과를 말해주는 원장에게 대꾸하지 않았다. 왜 아이를 방치했느냐며 항의했다가 나를 맡지 않겠다고 나오면 큰일이었다. 그 뒤 갈수록 내 몸의 상처는 늘어났지만 엄마는 더 이상 아무런 대응도 하지 않았다.

내가 아이들의 장난감이 되고 나서도 유치원에 전화 한 통하지 않은 엄마와 달리 다른 학부모들은 매일같이 항의 전화를 거는 모양이었다. 유치원 주변에는 이미 소문이 파다하게 퍼져 모르는 이가 없었다. 유치원을 떠나는 이들까지 생기자 원장은 엄마에게 유치원을 옮겨달라는 뜻을 내비쳤다. 인간만 모아놓은 유치원에 가면 눈치를 보지 않아도 되었지만 엄마는 내가 좀비들 틈에서 생활하기를 바랐다. 그러다 보면 좀비가 될 수 있을지 모른다는 헛된 희망. 결국 나는 남은 유치원 생활에 남들보다 훨씬 많은 돈을 들였다.

초등학교 입학은 엄마의 바람대로 이루어지지 않았다. 좀비들이 다니는 학교에 들어가게 되었지만 어른들은 인간 아이들을 모은 '특수반'을 따로 만들어놓았다. 좀비들 사이에 섞이고 싶어도 선택권이 없었다. 나는 좀비들로부터 떨어져 특수반에서 인간들과 함께 학교생활을 하는 게 지금보다는 나을 거라고 생각했다.

특수반에는 겉모습이 나와 같은 아이들이 스무 명 남짓 있었다. 부모도 인간인 경우가 대부분이었고 나처럼 좀비 부모 사이에서 태어난 아이는 몇 없었다. 특수반 아이들은 부모에 따라 마치 선이라도 그어져 있는 것처럼 두 그룹으로 나뉘어 다녔다. 같은 좀비임에도 섞이려 하지 않았다.

특수반의 담임은 인간이 아닌 좀비였다. 그는 교실에 들어올 때마다 우리를 징그럽다는 표정으로 쳐다보았다. 급식을 먹은 다음 수업시간이면 그는 항상 자습을 하라고 했다. 교실에 남은 인간 음식 냄새 때문에 칠판에 재빨리 '자습'이라고 적은 뒤 코를 막은 채 밖으로 뛰쳐나가기 일쑤였다. 그는 평소에 기다란 작대기를 들고 다니며 아이들을 쿡쿡 찔렀고 우리의 피부에 손이 닿을까봐 거리를 두었다. 담임은 작대기로 자주 우리를 때렸다. 시험 때마다 내 손바닥은 마치 좀비들의 피부처럼 붉게 물들었다.

초등학교 특수반에는 두 번의 특별활동시간이 있었다. 하나는 인간들을 위한 치료 시간이었고, 다른 건 인간과 좀비가 함께 하는 이른바 '인간 이해 수업'이었다. 이해 수업은 인간 학생과 좀비 학생이 갖는 유일한 접점이었다. 좀비 중 각 반에서 선발된 몇몇의 학생들이 인간과 함께 한 시간 동안 수업을 들은 뒤 일지를 작성하는 활동이었다. 이해 수업은 진행이 썩 원활한 편은 아니었다. 대부분의 좀비들은 인간 곁에 다가가기조차 꺼려했고, 옆자리에 앉을 때도 의자를 최대한 바깥쪽으로 멀찍이 떨어뜨려 앉았다. 인간이 좀비와 다른 점, 좀비가 인간을 배려해야 할 것들. 선생님이 틀어 놓는 매번 같은 내용의 교육 영상은 아이들의 관심 밖이었다. 좀비들은 인간의 얇은 피부를 손톱으로 찌르며 장난을 쳤다. 그러나 내 옆에 앉은 그 애는 조금 달랐다. 그녀는 나를 피하지 않았다. 코를 틀어막지도 내 피부에 상처를 내지도 않았다. 인간을 배려하겠다는 애들이 무심코 던지곤 하는 예민한 말도 하지 않았다. 그렇다고 특별한 대화를 한 건 아니었지만 그저, 한 시간을 편안히 보낼 수는 있었다.

이해 수업은 얼마 가지 않아 초등교육과정에서 완전히 사라지고 말았다. 한 초등학생이 학교에서 장난을 치다 같은 반 인간을 3층 창문에서 밀어 추락한 인간이 사망한 사건이 발생한 뒤였다. 초등학생은 인터뷰에서 인간이 그렇게 약한 존재인 줄 몰랐다고, 억울하다고 호소했다.

나는 악착같이 성적에 매달렸다. 공부라도 열심히 해야 했다. 그렇게 되면 언젠가 이 특수반에서 벗어날 수 있을지도 몰랐다. 다른 인간들 중 나를 이해하지 못하는 친구들도 있었다. 그렇게 해 봤자 어차피 위에는 좀비들이 수두룩해. 그래도 나는 수업을 꼼꼼히 들었고 시험 준비를 했다. 조금씩 오르는 성적을 보고 있으면 왠지 마음이 벅차올랐다.

사춘기가 지나고 고등학교에 입학할 때까지도 나는 좀비로 변할 기미가 보이지 않았다. 고등학교에서도 특수반은 유지되었다. 끊임없이 새로운 인간이 들어왔지만 학교를 그만두는 아이들도 그만큼 많아서 초등학교 때보다 인간의 수는 훨씬 적었다. 특수반은 다른 좀비들에게 완전히 유령 취급을 받았다. 처음부터 존재하지도 않았던 것처럼.

한 달에 한 번 검사를 위해 엄마의 손에 붙들려가던 병원. 고등학생이 되고 나서부터는 혼자 가기 시작했다. 10년 넘게 다녔지만 번화가 한복판을 지나야 나오는 병원까지 혼자서 가는 건 쉽지 않았다. 몇 걸음 걷지 않았는데도 한여름의 긴팔 티셔츠와 긴바지 때문에 땀이 끊임없이 흘러내렸다. 옷으로 최대한 피부를 감쌌지만 전부 가릴 수는 없었다. 좀비들이 흘끗 나를 돌아보았다. 지나가던 이들로 가득했던 거리에는 나를 중심으로 공간이 생겼다.

번화가를 걸을 때면 긴 옷을 입어도 모두의 시선이 내게 집중되곤 했다. 그래서 되도록 번화가에는 가지 않으려 노력했다. 하지만 각종 검사와 평소 먹는 약의 처방을 받으려면 매달 집에서 멀리 떨어져 있는 그 병원에 가야만 했고, 거리 한복판을 지나 외진 골목 안으로 들어가야 했다. 좀비들은 내가 마치 전염병이라도 된다는 양 나를 피해 다녔다. 끼리끼리 모여 수군거리기도 했다. 누군가는 내게 욕설을 내뱉었다.

바늘이 정맥을 파고들었다. 벌써 다섯 번째 바늘 자국이 생겼다. 간호사는 내 피가 가득 든 병들을 가지고 실험실로 들어갔다. 저렇게 많은 피를 뽑아가지만 매번 의사가 하는 말은 똑같았다. 계속 지켜보아야 합니다. 조그맣고 빨간 반점들이 완전히 사라질 때쯤이면 간호사가 다시 구멍을 낼 것이다.

'병원 갔지? 의사 선생님은 뭐라셔? 약 꼭 받아 오고.'

엄마에게 메시지가 왔다. 나를 혼자서 병원에 보내고부터 엄마는 매번 내게 메시지를 보내거나 전화를 걸었다. 나는 서둘러 답장을 보내 엄마를 안심시키고는 대기실에 앉아 처방전이 나오기를 기다렸다. 복도 끝에서 익숙한 얼굴이 걸어왔다.

나는 마스크를 쓰고 있는 그 애를 한눈에 알아보았다. 몇 년 전 이해 수업에서 내 짝꿍이었던 좀비였다. 오래 전 일 이후로 그녀와 말을 섞어 본 적은 없지만 그녀가 나와 같은 중학교에 진학했고 지금 같은 고등학교에 다니고 있다는 사실 정도는 알고 있었다. 반가움도 잠시, 의문이 들었다. 이곳은 인간 치료 병동이었다. 그녀는 나와 눈이 마주치자 화들짝 놀라며 안절부절 못했다. 그러더니 재빨리 진찰실로 들어갔다. 좀비화를 돕는다는 약을 처방받곤 병원 입구에서 그 애가 나오기를 기다렸다. 한참 뒤, 그녀가 주변을 살피며 조심스럽게 걸어나왔다. 그녀는 나를 발견하고는 내게 다가왔다.

나를 데려간 곳은 병원 근처에 있는 인간 식당이었다. 병원에 왔다가 몇 번 들른 적이 있는 곳이었다. 인간 음식점은 흔치 않았는데, 주인부터 손님까지 온통 인간뿐이라 눈치 보지 않고 마음껏 식사를 할 수 있었다. 그 애는 식당 안에 들어가기 전에 모자를 눌러 썼다. 그제야 나와 꼭 같은 그녀의 옷차림이 눈에 들어왔다. 그 애는 식당 안으로 들어가 재빨리 자리를 잡았다. 주문을 마친 그녀는 나와 마주앉아 있는 동안에도 마스크를 벗지 않았다. 마침내 주문한 음식이 나왔다. 그녀가 드디어 마스크를 벗었다. 반점투성이 얼굴에 음식점 안의 인간 몇몇이 힐끔거렸다. 그녀는 완전히 익은 생선살을 자연스러운 손놀림으로 발라냈다.

그녀는 자신을 겉은 좀비이고 속은 인간인 '하프'라고 설명했다. 가끔 인터넷에서 접한 적은 있지만 실제로 보는 건 처음이었다. 하프는 매우 드물게 나타나는 종족이었다. 나를 제외한 학교의 좀비들 모두는 그녀가 좀비인 줄 알고 있다고 했다. 그녀는 하프는 인간과 좀비 어느 쪽에서도 환영받지 못한다며 비밀로 해 달라고 부탁했다. 그녀가 학교에서 좀비들과 함께 어울리는 모습을 보면서 나는 크게 이질감을 느낀 적이 없었다. 급식은 어떻게 먹느냐는 물음에 하프는 구토를 하는 시늉을 했다. 그날 하프는 헤어지는 순간까지도 자신을 병원에서 본 사실을 말하지 말아 달라고 당부했다.

병원에서 만난 이후 하프와 나는 대화하는 일이 늘었다. 학교 내에서는 서로 이야기하지 않았지만 방과 후에는 언제나 하프가 먼저 내게 말을 걸어왔다. 이제 더 이상 혼자 음식점에 가지 않아도 됐다. 우리는 학교 근처의 외진 곳에 자리한 인간 음식점을 자주 함께 찾았다. 가족에게 말하기 힘든 일도 그녀 앞에서는 술술 흘러나왔다. 난 하프와 많이 가까워졌다고 생각했다. 하지만 그녀는 학교만 오면 내게 입을 꾹 닫았다. 복도에서 마주칠 때면 아는 체조차 하지 않았다. 이해되지 않는 것은 아니었다. 나와 조금만 가까이 있어도 수많은 좀비들이 그녀를 이상한 눈초리로 바라볼 게 뻔했다. 학교에서의 생활은 하프와 친해지기 전과 다를 바가 없었다. 그렇지만 혼자인 게 견딜 수 없이 외로웠다. 전에는 항상 혼자였고 내 편이 아무도 없었지만 지금은 그렇지 않았다. 그래서인지 학교에 있는 시간이 더 지옥 같았다.

도시는 곧 맞이하게 될 올림픽으로 인해 뜨겁게 달아오르고 있었다. 경기장도 새로 짓고 길을 다시 정비하는 등 난리였다. 그중 인간에 대한 이야기도 적지 않았다. 올림픽을 열었는데 인간들이 거리를 활보하면 도시의 이미지가 나빠질 수도 있다는 주장이 나오기 시작했다. 대다수의 좀비들은 이 의견에 동의했다. 몇몇 인간들이 피켓을 들고 시위를 하는 모습이 전파를 타기도 했지만 좀비들의 생각은 바뀌지 않았다. 좀비들은 새로 짓고 있는 경기장에서 멀리 떨어진 곳에 있는 판자촌에 인간들을 가두어둘 계획을 세우기 시작했다. 그 판자촌이 있는 마을은 가난한 인간들이 모여 살기로 유명했다. 집에 불이 자주 나서 종종 뉴스에 비치기도 했다. 좀비들은 그곳을 곧 사라질 마을이라는 의미로 '무지개 마을'이라고 이름을 붙였다. 무지개 마을을 포함한 다양한 프로젝트로 도시가 한창 소란스러울 때 학교에 소문이 돌기 시작했다.

우리 학교에 어떤 인간이 좀비가 되려고 한다던데? 수술 받으려고 병원도 다닌대. 시작이 어딘지조차 모를 이 소문은 특수반뿐 아니라 일반 학급에도 일파만파 퍼졌다. 좀비들은 학교에서 특수반 인간들과 마주치기만 해도 비아냥거리며 욕설을 퍼부었다. 어디서 감히 좀비가 되려고 하냐, 그래 봤자 가짜는

가짜다… 특수반 내부에서도 말이 많았다. 병원에 다니며 인간 치료를 받고 좀비화 수술을 하려는 이는 인간 측에서도 환영받지 못했다. 소문을 듣는 순간 온몸에 소름이 돋았지만 나는 조용히 그들이 하는 말에 맞장구를 쳤다. 누군가 좀비가 되려 한다는 것만이 그들이 주목하는 바였다. 매일 학교에 가면서 좀비들을 마주칠 때마다 나도 모르게 숨을 참게 되었고 특수반에 있을 때도 조심스럽게 행동했다. 그러나 곧 그 노력도 할 필요가 없어졌다. 소문은 생각보다 빠르게 번졌고, 괴상하게 변질되었다.

'이미 누가 좀비화 수술을 받았대.'

이제는 더 이상 일반 학급 대 특수반이나 특수반 내부에서의 문제가 아니었다. 일반 학급에서 좀비들은 가짜를 색출하기 시작했다. 각 반의 왕따들이 가장 먼저 타깃이 되었다. 좀비들은 왕따의 피부를 찢고 변화를 관찰했다. 얼마나 피부가 질긴지, 얼마나 상처 부위가 빨리 곪는지 살폈다. 어느새 소문은 사실이 되어버렸다.

하프는 이 문제를 대수롭지 않게 생각하는 모양이었다. 그녀는 자신이 좀비 음식을 잘 먹지 못하고 체력이 부족할 뿐 겉피부는 좀비와 완전히 같다고 했다. 그러나 우리가 함께 이야기를 나누는 시간은 점점 줄어들었다. 하프는 매일 좀비 친구들과 하교했고 나는 그녀가 혼자 다시 돌아올 때까지 인간 음식점 앞에서 기다려야 했다. 이제는 식사가 끝나면 각자 곧장

집으로 돌아가야 했고, 식사마저도 함께 하지 못하는 경우가
많아졌다.

그날은 하프가 저녁 약속을 세 번이나 취소한 뒤 이번에는
꼭 함께 먹겠다고 약속한 날이었다. 음식점 앞에서 아무리 기
다려도 그녀는 오지 않았다. 거리로 나오자 하프와 함께 다니
는 좀비들이 보였다. 그 사이에도 하프는 없었다. 나는 학교로
발길을 돌렸다.

교실은 텅 비어 있었다. 몇몇 선생님만 남아 있는 학교에 밝
은 빛이 새어나오는 곳은 상담실과 교무실뿐이었다. 상담실은
생긴 지 얼마 되지 않아 급한 대로 책상과 의자 몇 개만 가져다
놓은 곳이었다. 상담실 문에 붙어 있는 길쭉한 유리창에 얼굴
을 가까이 댔다. 안에는 하프와 입시전담 선생님이 있었다. 창
문으로 생활기록부를 펼치고 하프에게 말을 걸고 있는 선생님
이 보였다. 그가 앞으로 몸을 기울이자 하프가 조금씩 의자를
뒤로 밀었다. 나는 선생님이 자꾸 되풀이하는 입모양을 읽을
수 있었다.

'너 좀비 아니잖아.'

학교에서 그녀가 겉만 좀비고 속은 인간이라는 걸 알고 있
는 이는 나뿐일 것이었다. 그러나 선생님의 입모양은 끊임없이
'하프'와 '인간'을 만들어냈다. 책상 아래로 선생님과 하프의 다
리가 보였다. 신발 한쪽을 벗은 선생님의 발이 천천히 위로 올
라갔다. 발끝이 하프의 치마를 들어올리고 계속 올라가려 하자

그녀가 벌떡 일어섰다. 어릴 적 유치원에서 있었던 일이 떠올라 속이 메슥거렸다. 저도 다 말할 거예요. 하프가 선생님에게 쏘아붙였다.

정신을 차리고 보니 나는 학교를 벗어나 온 힘을 다해 달리고 있었다. 지켜보고 있었다는 사실을 들키는 게 두려워서였을까. 숨이 턱턱 막혀왔다. 그날 밤늦게 하프로부터 못 가서 미안하다는 문자가 왔다. 나는 그녀에게 오늘 일을 이야기하지 않았다.

하프의 말수가 급격하게 줄어들었다. 그건 나도 마찬가지였다. 말을 하기 전에 수많은 생각부터 떠오르곤 했다. 어디서부터 이야기해야 할지, 그날 우연히 보게 된 걸 사실대로 털어놓아야 할지 갈피를 잡을 수가 없었다. 그러던 와중 하프로부터 먼저 연락이 왔다. 함께 경찰서에 가줘. 나는 곧바로 답장을 하지 못했다. 고민을 하고 있다는 게 끔찍했지만 경찰서는 어쨌든 좀비들로 가득한 곳이었다. 나는 한참 만에 하프에게 입을 열었다.

경찰관은 교복을 보더니 우리를 한 형사에게 데려다주었다. 교실 뒤의 포스터에서 몇 번 본 적이 있는 학교 전담 경찰관이었다. 전담 경찰관은 학교폭력부터 도난 사건까지 학교에서 벌어지는 온갖 일을 도맡았다. 그의 판단에 따라 모든 사건이 접수되고 수사가 시작되었다.

"난 아무 짓도 안 했어요."

하프는 다른 이들이 없는 조용한 곳에 들어가서 이야기하기를 바랐다. 그러나 그녀는 경찰들이 가득한 곳에서 선생님에게 성폭행을 당했다고 진술해야 했다. 주변에 있던 좀비들의 이목이 집중되었다. 경찰은 하프에게 누가 어디서 어떻게 했는지 구체적인 정황을 물었다. 처음에 하프는 말을 잇지 못했다. 간신히 하프가 대답하면 경찰관은 더 자세한 걸 원했고 그의 질문은 쉴새없이 이어졌다.

"네 말을 어떻게 믿니? 증인이나 증거 없으면 처벌도 못해."

증거를 대라는 경찰관에 그녀는 아무 말도 하지 못했다. 상담실을 비롯한 모든 교실에는 CCTV가 설치되어 있지 않았다. 하프가 그에게 내밀 만한 증거는 아무것도 없었다.

"증인 있어요. 제가 다 봤어요."

하프가 깜짝 놀라며 나를 쳐다보았다. 내가 그 자리에 있었다고 말했을 때, 하프는 증언을 바라는 건 아니라고 했다. 너는 인간이잖아. 그렇다고 언제까지 입을 다물고만 있을 수는 없었다. 내 이야기를 들은 경찰은 그래도 확실한 물증이 있어야 한다며 처벌은 힘들 거라고, 며칠 뒤에 확답을 주겠다고 했다. 경찰은 하프에게 이름, 주민번호, 전화번호 등을 물어본 뒤 우리를 돌려보냈다.

어느새 좀비들 사이에서 소문의 주인공이 정해졌다. 주인공은 내가 아닌, 하프였다. 하룻밤 사이 하프는 가짜에서 거짓

말쟁이가 되어 있었다. 모두들 누군가로부터 경찰서에서의 일을 전해 듣고는 떠들어댔다. 전부 그녀의 억지 주장이라고 생각하는 듯했다. 아이들은 입시전담 선생님이 학생에게 그런 짓을 했을 거라고 생각하지 않았다. 아무런 증거가 없다는 사실도 한몫 했다. 하프는 하루 종일 좀비와 인간에게 시달렸다. 내가 보다 못해 괜찮은지 묻자 그녀는 곧 경찰서에서 연락이 오면 다 해결될 거라고 말했다. 그러나 며칠이 지나도 달라지는 건 없었다. 경찰들은 증거가 없다는 말만 반복할 뿐이었다.

좀비들은 하프가 진짜인지 가짜인지 가려내겠다며 그녀를 붙잡아 피부에 상처를 냈다. 금세 다른 좀비들처럼 상처가 곪았지만 소문은 잦아들지 않았다. 좀비들은 급기야 그녀의 팔을 부러뜨렸다. 그날 이후로 하프는 가짜라고 불렸다. 불과 어제까지만 해도 하프의 친구였던 이들은 그녀를 벌레 취급했다. 급기야 그녀가 무지개 마을로 들어가는 모습을 봤다는 이야기까지 새어나오기 시작했다. 하프를 특수반으로 옮겨야 하지 않느냐는 의견도 분분했다. 그렇다고 하프가 특수반에서 환영받을 수 있는 것도 아니었다.

특수반에서 하프는 자주 튀어나오는 화젯거리 중 하나였다. 좀비에 대한 인간들의 분노는 전부 하프에게로 향했다. 개는 수술까지 하면서 좀비가 되고 싶었을까? 특수반 친구들은 틈만 나면 하프를 들먹였다. 도저히 맞장구를 칠 순 없었지만 그렇다고 옹호했다가는 몇 안 되는 인간으로 이루어진 특수반에서 완전히 고립되고 말 거였다. 아닌 것 같은데, 라며 얼버무리는 게 최선이었다. 그러다 보니 나도 모르게 의문이 들었다. 하프는 그 병원에서 과연 어떤 치료를 받았을까.

학교가 뒤집어진 사이 무지개 마을로 인간들이 이동되기 시작했다. 좀비들에게 억지로 끌려가는 이도 있었고 몇 푼의 보상금을 받고 짐을 챙기는 인간도 있었다. 특수반 아이들도 하나둘씩 전학을 가기 시작했다. 나중에는 절반도 되지 않았다. 남은 이들은 대부분 부모가 좀비이거나 인간 중에서도 경제적인 여유가 있는 아이들이었다. 어른들은 아무런 말도 하지 않았지만 모두 떠난 아이들이 무지개 마을로 갔다는 걸 알고 있었다. 특수반 인원이 너무 적어져 머지않아 특수반이 사라질 거라는 말이 돌았다.

좀비들이 하프를 특수반에 밀어넣었다. 하프가 도로 나가려 했지만 좀비들이 문을 닫고 버텼다. 교실 앞에 모여 하프를 둘러싼 몇몇 인간들이 귓속말을 나누며 키득거렸다. 누군가 하프에게 물었다.

"너 좀비 음식 먹고 나서 몰래 토한다며?"

경직된 하프를 본 인간은 웃으며 덧붙였다. 궁금해서 그래, 수술한 인간 처음 봐서. 하프가 어쩔 줄 몰라 하며 나를 바라보았다. 나는 잠시 주저하다 그녀의 눈을 피해 자리로 돌아갔다. 내가 하프와 함께 경찰서에 있었다는 게 언제 발각될지 몰랐다. 하프가 뒷걸음질했다. 문 너머에서 좀비들의 웃음소리가 들려왔다.

그날 이후로 하프와 연락이 되지 않았다. 그녀의 행방을 아는 이는 아무도 없었고, 사건은 흐지부지 끝나버렸다. 하프를 찾으려 병원과 음식점 근처를 서성거렸지만 만날 수 없었다. 하프의 행방에 대한 소문은 무성했다. 자살을 한 거다, 거짓말이 들통날까봐 도망친 거다… 진실은 아무것도 없었다. 다수의 상상이 만들어낸 새로운 사실은 진실인 척 모두의 머릿속에 녹아들었다. 소수가 외치는 진실은 그 상상 속에서 거짓으로 변해갔다.

올림픽이 성황리에 끝나고 계절이 바뀐 후까지 무지개 마을은 유지되었다. 인간들은 하나둘 밖으로 나와 무지개 마을 앞에서 매일 시위를 벌였다. 머지않아 좀비들이 우르르 나타나 날카로운 손톱을 휘두르곤 했지만 인간들은 멈추지 않았다. 마지막 남은 이들까지 모두 나와 길을 막고 시위를 벌이던 날, 잦은 화재가 일었던 무지개 마을 전체가 화염으로 뒤덮였다. 판자촌이었던 무지개 마을은 순식간에 잿더미가 되어버렸다. 화재의 범인은 끝까지 잡히지 않았다. 인간들은 활활 타오르는 무지개 마을을 향해 함성을 질렀다.

올림픽으로 인해 도시의 위상이 올라가자 돈을 만지려는 좀비들이 무지개 마을을 차지하기 위해 몰려들었다. 잿더미 위에는 번쩍거리는 새 건물이 세워지기 시작했다.

　이제 마지막 관문이 남았다. 수술 동의서를 뚫어져라 바라봤다. 의사, 부모님 모두 서명을 마쳤고 이제 모든 건 내 손에 달렸다. 의사는 각종 검사 끝에 내가 좀비화 수술에 적합하다고 결론을 내렸다. 수술을 받으면 다른 좀비들처럼 평범하게 살아갈 수 있었다. 다수의 쪽으로 섞일 수 있는 것이다. 더 이상 기피의 대상이 되지 않아도 되고, 마음껏 번화가에 나갈 수 있었다. 인간인 내 곁에 남은 건 아무것도 없었다. 가족들은 좀비로 바뀔 날만을 기다렸다. 엄마는 내가 이미 좀비로 변하기라도 한 것처럼 이곳을 떠나 이사를 가자고, 이번에 생긴 신도시는 인간도 없고 쾌적하다고 입버릇처럼 말했다. 그러나 그곳에 하프는 없다.

　하프는 완전히 사라져버렸다. 그날 이후로 나는 그녀를 다시 만나지 못했다. 소문과 함께 다른 이들의 머릿속에서 서서히 지워져갔다. 내가 특수반에 밀려들어온 하프를 모른 척 지나치지만 않았다면 하프는 아직 옆에 있었을지도 모른다. 이제는 도시 중심부까지 다가간 저 시위 행렬 사이에 섞여 함께 구호를 외쳤지 않을까.

　결국 수술동의서를 찢었다. 나는 인간으로, 인간답게 살고 싶었다.

인간이 가져야 할 가장 인간적인 문제

'인간을 물질화하는 세대, 한 인간이 인간으로서의 모든 것을 박탈당하고 박탈하고 있는 이 무시무시한 세대에서, 나는 절대로 어떠한 불의와도 타협하지 않을 것이며, 동시에 어떠한 불의도 묵과하지 않고 주목하고 시정하려고 노력할 것이다.'

열사라고 불리는 청년 전태일이 우리에게 큰 인간적 숙제를 남기고 떠나간 지 47년이 되었다. 여전히 우리에게 22살의 아린 청춘으로 남은 그는 그저 인간답기를 소망했던 '보통 사람'이었다. 그것이 우리로 하여금 그를 약자들의 영웅으로 기억하게 하는 하나의 중요한 이유가 아닐까 생각한다. 그는 우리와 같은 '보통사람'으로 세상에 와 약자들의 대변인이 되어 떠나갔다. 가난은 언제나 그에게 가혹하고도 끈질긴 하루를 반복하게 하였고, 그리하여 그는 국민학교도 채 졸업하기 전 가족의 생계를 위해 노동전선에 뛰어들게 되었다. 17살 때 그는 평화시장에서 재봉사로 일을 하기 시작하였는데 그 당시 그곳은 인간이 만들어낸 작은 지옥이었다. 좁고 어두운 작업장에서 하루의 3분의 2 이상을 보내며 고된 노동에 시달렸다. 시다 일을 하던 노동자 중에선 어린 소녀들이 많았는데, 그런 여공들은 제대로 임금도 받지 못한 채 장시간 노동에 시달렸다. 전태일은 그런 여공들의 모습을 그냥 외면하고 지나치지 않았다. 가난에 짓눌려 자신의 하루하루도 버거웠을 텐데 말이다. 오히려 그는 어린 여공들의 모습을 통해 노동운동에 관심을 가지기 시작하였다.

그런 그에게 근로기준법의 존재란 아마 한줄기의 빛이었을 것이다. 근로기준법을 공부하고, 이를 사장들에게 알리기 시작한 지 얼마 되지 않아 그는 해고되었다. 더 이상 평화시장에서 일을 할 수 없게 된 그가 현실과 타협하고 그만 주저앉았어도 아무도 그를 탓할 수는 없었을 것이다. 하지만 그는 멈추지 않았다. 막노동을 하며 계속해서 노동자의 권리를 위한 투쟁을 하였다. 하지만 더 이상 거대한 자본주들과 행정기관은 그를 두고 보지 않았다. 결국 1970년 11월 13일, 그는 직접 자신의 몸에 불을 붙인 채 외쳤다.

"근로기준법을 준수하라! 우리는 기계가 아니다!"

병원에 실려 가서도 전태일은 끝까지 자신이 못다한 일을 어머니인 이소선 여사님께 부탁드렸다. 그리고 그는 영원히 그 날에 남게 되었다. 하지만 22살의 젊은 청년이 자신을 바쳐 떠안고 가려 했던 커다란 짐은 우리 곁에 아직 남아 있다. 그것도 아주 거대하게. 물론 삶은 월등하게 윤택해졌고, 많은 이들이 물질적 여유를 가지게 되었다. 하지만 인간을 물질화하고, 인간이 인간의 기본적인 권리에 침해를 가하는 전태일의 묘사 속 그때와 지금은 전혀 달라진 것이 없었기에 나는 전태일 평전을 읽으며 이따금 그가 살아 숨 쉬는 것처럼 느껴질 때마다 커다란 울분에 휩싸여야만 했다. 허무하고 죄스러웠다. 비단 22살의 청년 전태일뿐만이 아니라, 인간 이하의 취급을 받고 죽어나가야 했던 모든 노동자들에게. 또, 배고픔을 겪지 않아도 되는 현재의 삶에 대한 안도와 감사만을 느끼던 나의 모습에 죄책감이 들었다. 풍요는 죄가 아니지만 누군가의 노고와 희생을 기억하지 못하고 감사함이 결여된 채 받아들이는 풍요는 때때로 죄가 되기 때문이다. 나의 풍족한 하루는 누군가의 피와 땀으로 이루어졌다는 사실을 알지 못하였다. 그래서 읽는 내내 고된 노동에 시달리던 어린 여공들의 모습에 엄마의 모습이 겹쳐졌다.

엄마는 1986년 겨울 무렵 평화시장의 한 봉제공장에서 12살의 나이로 일을 시작했다. 오늘날로 따지면 초등학교 5학년의 나이이다. 공장 한켠에서 숙식을 해결하며 하루에 5시간도 제대로 잠을 자지 못했다. 하루의 물량을 끝내기 전까지는 잠에 들 수 없었기 때문이다. 때때로 손목에서 팔꿈치 정도까지의 길이를 가진 큰 재단가위가 날아다니기도 하고 홧김에 던져진 쪽가위에 찍히는 동료도 보았다. 얼마 되지 않는 돈을 시골에 보내고 본인의 몸을 돌보지 못해 영양실조나 빈혈에 걸리는 여공도 보았다. 한 달을 꼬박 일하고 엄마의 손에 쥐어진 금액은 언제나 8만 원이었다. 일한 시간과 상관없이 고정적으로 월급을 받았다. 지금 돈으로 20만 원도 되지 않는 돈이었다. 그마저도 여자로서 생활에 꼭 필요했던 생리대와 같은 물품을 위한 비상금으로 5천 원 남짓한 돈은 제외하고는 모조리 시골에 있는 가족들에게 부치고 또 지옥 같은 일터로 돌아가 쳇바퀴 같은 삶을 살아야만 했다.

엄마의 여공으로서의 삶을 듣고 놀랄 수밖에 없었다. 엄마의 입을 통해 전해 들은 1980년의 평화시장의 모습은 전태일이 겪은 부조리함을 정제해내지 못한 채였다. 경각심을 가지고 변화를 이루었을 줄 알았던 노동시장이 전태일의 죽음 이후 15년이 더 지난 시점까지도 악의 고리를 끊어내지 못하고 있었다. 다만 노동자도 인간다울 권리를 주장할 수 있다는 근본적인 생각이 전태일의 죽음을 통해 노동자들 스스로를 깨어나게 했고, 이후에도 수많은 사람들의 노동자 인권신장을 위한 투쟁과 희생을 통해 지금의 노동시장과 같은 모습으로 서서히 진전될 수 있었다.

하지만 '이것이 전태일이 그렇게 염원하던 인간의 인간다운 삶인가?'라고 묻는다면 명쾌하게 그렇다 대답하지는 못할 것 같다. 점점 그가 원하던 노동시장과 비슷한 모습으로 발전하고 있는 중이긴 하다. 그가 부르짖으며 죽어간 근로기준법이 대중들의 감시하에 어느 정도 자리를 잡고 안정적으로 시행이 되고 있지만 아직 법의 사각지대에 놓여 있는 노동자들이 많이 있다. 외국인 노동자, 청소년들과 같이 말이다. 물론 지금의 우리 곁에도 불의에 대항하고 시정하기 위해 자신의 청춘을 바치는 많은 이들이 존재한다. 다만 우리에게 남은 숙제가 그들만의 사명이 된다면 우리는 절대 우리를 압박하는 불의에 대항해 낼 수 없을 것이다. 그렇기에 내가 살아가는 우리의 사회, 그리고 우리와 함께하는 사회적 약자를 위해 내가 할 수 있는 한 가지는 청년 전태일의 정신을 닮아가는 것이다.

전태일 평전을 통해 내가 만난 청년 전태일은 깊고도 성숙한 내면을 가진 사람이었다. 그런 그에게 있어 인간이 가져야 할 가장 인간적인 과제는 '어떤 문제이든 외면할 수 없는 것'이었다. 어느덧 나도 마지막 선택을 했을 전태일의 나이와 가까워지고 있지만, 그의 마음을 온전히 헤아릴 수 없다. 그렇기에 청년 전태일의 정신을 닮아가는 것은 곧 인간이 가져야 할 가장 인간적인 과제에 충실해지는 것을 뜻한다고 추측할 뿐이다. 어떠한 인간적 문제이든 외면할 수 없어지는 '삶의 과제'를 충실하게 수행하는 것. 어떠한 불의와의 타협 없이 불의를 주목하고 시정하기 위해 늘 깨어있는 삶을 사는 것. 그것이 앞으로 수많은 제2의 전태일의 죽음을 막는 가장 개인적인 차원의 사명임과 동시에 개개인의 사명이 모여 집단적이고 사회적인 차원의 변화가 될 것이다. 개인의 정의가 살아 함께 되는 것. 그것이 인간이 인간다워지는 사회가 아닐까? 그리고 그런 사회가 22살의 청년 전태일이 원하고 바라 숨을 바친 사회이지 않을까? 지금 이 순간에도 인간으로서 부당한 대우를 받고 있을 약자들이 분명하게 존재할 것이다. 그리고 나는 앞으로 약자들이 부당한 대우를 받는 일련의 상황들마다 그들의 편에 서서 불의에 맞서고 시정하기 위해 노력할 것이고, 그러기 위해 늘 깨어있을 것이라 다짐한다. 이것이 청년 전태일의 성숙했던 내면과 의식을 닮아가는 길이기에.

외벽에 비친 남자

빌딩 외벽을 닦는 남자는
자신의 그림자를 숨기며 살았다

세상은 세탁할 수 없는 옷이므로
창문에 비친 먹구름을 온종일 지웠다
팔을 뻗으면 기울어지는 남자
균형을 이루지 못할 때
절벽은 벗을 수 없는 그림자라고 느꼈다

헬멧을 써도
쉽게 뒤통수를 때리고 가는 바람
고용주가 삿대질을 하는 것 같아
아무도 말리지 못했다
어깨가 찬바람에 굳어갔지만
동료들도 바람을 아낼 말은 모른다고 했다
그냥 입 다물고 있어

우린 최대한 미뤄야 행복한 삶이니까
남자의 발자국을 지탱하고 있는 밧줄과
지상에 착지할 수 있는 기회들
동료들과 옥상에 둘러앉아 먹는 캔 커피와 빵
여기서 실수하면 다 끝이야
끝에서 보면 실수투성이인 그들의 삶

난간에는 늘 기이한 바람이 불었다
사람이 떨어져 죽으면
그림자는 마지막에 데려간대

남자는 죽지 않기 위해
스스로 그림자가 없다고 생각하며 살았다
문득 뒤돌아보면
식구들과 동료들의 얼굴이 떠올랐다
수백 개의 창문 속
두려움이 얼룩을 비추고
오늘도 남자는 공중을 나선다

육식의 날들

이 곳의 날씨는 태양의 입속이다
잡내로 들끓는 천장
돈육 가공 공장에 다니는 남자는
칼을 내리치는 순간이
아무렇지 않다고 했다
칼을 내리꽂을 때마다
전등이 깜빡거린다
사방으로 튀어오르는 핏방울
위생복에 묻은 핏자국은
태양의 잔재처럼 검게 굳는다
직공의 칼 가는 소리에
비계들이 용암처럼 흘러내린다

냉동과 해동을 거친 고깃덩어리들
남자는 각을 치기 시작한다
뼈와 살이 이어진 길마다
숨 쉬지 않고
칼자루를 밀어 넣는다
손목이 부어오를 때까지

거침없이 펼쳐지는 고깃덩어리
우리의 입맛대로
남자는 살아온 내력을 모두 도려낸다
갈라진 자리마다 냉기가 달라붙고
보기 좋은 선홍빛이 돈다
목매단 채 옮겨지는 고깃덩어리들
버릴 게 없는 죽음으로 가공된다
단지 일찍 죽은 고기가 맛있기 때문에
남자는 손에서 칼자루를 놓지 않는다

먹고 살기 위해
살기도 잊은 지 오래다

우리의 입속에서 침이 들끓는다
공장은 또 다른 태양의 입속을 위해서
고깃덩어리의 최후를 포장한다

노을 속에 두고 온 날개

저녁의 새들은 노을을 쪼아대고 있었다
얼마 남지 않은 햇빛을
욱여넣는 것 같았다
아빠도 자전거를 이끌고 다리로 나선다
점점 가라앉는 해처럼
굽은 등을 더 웅크려보는 아빠
고물 자전거에 맞는 자세를 찾아간다
아빠는 새들이 내일의 날개를 입기 위해
노을 속으로 귀가한다고 했다
어린 나는 아빠의 뒤꽁무니만 따랐고
그러면 나도 새처럼
내일의 아빠를 엿볼 수 있을 것 같았다

집에 돌아온 아빠의 등에선
노을이 다 새어나간 핏줄이 훤히 보였다
이젠 브레이크를 당기면
고물 자전거와 함께 자란 기억들이
허리를 따라 무너질 것 같아
나사 하나 풀려도 끄떡없다던 아빠

나는 삐걱거리지 않는 사람이 되기 위해
해가 뜨지 않는 아빠의 등골을 넘나들었다
노을 대신 번지는 검버섯들 사이
빛이 없으면 날개는 돋치지 않았다

오늘도 페달을 밟은 아빠의 뒷모습
자전거와 함께 그림자가 굴러간다
금방이라도 날개가 펼쳐질 것 같다
새들이 뒤따라 부리를 세우고
노을의 문을 열기 위해 날아간다

히어로 김정훈 씨

그러니까 절대로 대한민국은 아닌 곳에, 지구를 지키는 히어로들이 있었다. 그들은 직장인이었다. 그들은 자신들의 능력을 이용해 돈을 벌었다. 그리고 하루하루를 힘겹게 살아갔다. 하지만 그들은 불평하지 않았다. 아니 못했다. 아쉽게도 그곳은 자본주의 사회였고, 모두가 그렇게 살아갔기 때문이다. 우리의 김정훈 씨도 마찬가지였다. 김정훈 씨는 1978년에 태어났다. 김정훈 씨는 손가락으로 레이저를 쏠 수 있는 능력을 가지고 있었다. 그리고 그는 SS 히어로 주식회사에서 일했다.

굴지의 대기업인 SS 히어로 주식회사는 실로 엄청난 명성을 가지고 있었다. 신뢰도 1위. 브랜드 평가 1위. 최고의 경영자상을 받은 회장님까지. 거기다 그들은 실제로 범죄율을 낮추는 데까지 기여했다. 낙수효과라나 뭐라나.

김정훈 씨는 그곳에서, 자신의 회사에서, 정말로 밤낮없이 일했다. 당연히 주말도 없었다. 하지만 그는 불평하지 않았다. 언제나 그렇게 살았고, 누구나 그렇게 살았으니까. 비록 밥을 먹다가도 벨이 울리면 창문을 깨고 날아가야 했고 범죄자와 싸

우다 다치는 일도 빈번했지만 말이다. 누누이 얘기하지만, 누구나 그렇게 살았으니까. 김정훈 씨는 하루에도 몇 번씩 퇴직을 고민했다. 하지만 절대로 실행에 옮기지는 못했다. 그는 1978년생이었고, 40살이었으니까. 29, 아니 33살만 되었어도 그는 다른 직업을 구했을 것이다.

우리는 한 가지 의문점을 가질 수밖에 없다. 김정훈 씨의 인생은 그야말로 평범하니까. 하지만 김정훈 씨가 이 소설의 주인공이 된 데에는 정말로 중요한 이유가 있다. 우리는 김정훈 씨가 '어떤 일'을 하느냐에 주목해야 한다. 그곳에 답이 있을 테니까.

다시 한 번 말하지만 김정훈 씨의 직업은 히어로였다. 그러니까 대한민국 식으로 명명하자면, 육체노동자라는 말이다. 그들은 사회적으로 존경을 받았지만 그것이 돈을 가져다주지는 못했다. 어찌됐든 그들의 신성한 노동은 사무실 밖에서 이루어지니까. 사회적인 비난? 그런 것은 있을 수 없었다. 그곳의 시민들은 히어로들의 생계에까지 관심을 가질 여력이 없었으니까. 그리고 또 한 번 말하지만, 누구나 그렇게 사니까. 뭐, 당사자들만 값싼 알코올로 목을 축이며 욕을 해댈 뿐이었다. 욕에게 생명력이 있다면 얼마나 좋을까. 욕이 자신의 주인님 대신에 문제점을 해결해준다면 얼마나 좋을까. 그렇다면 김정훈 씨가, 김정훈 씨의 동료들이, 아니 그곳에 사는 모든 사람들이, '그 일'을 겪지 않아도 되었을 텐데.

김정훈 씨는 평소 때처럼 작업복을 입고 출근할 준비를 했다. 주황색 바탕의 쫄쫄이. 회사의 로고가 가슴팍에 붙어 있고, 팔에는 광고가 붙어 있는 쫄쫄이. 김정훈 씨는 그 쫄쫄이를 마음에 들어 하진 않았지만 어쩔 수 없었다. 양복을 입고 갈 순 없지 않는가.

김정훈 씨는 지하철을 타고 출근했다. 히어로라고 다르겠는가. 아, 다른 점이 한 가지 있긴 했다. 김정훈 씨는 절대로 의자에 앉지 못했다. 그가 조금이라도 방심했다간 SNS를 통해 '자리 양보 않는 히어로, 충격.' 같은 글들이 올라올 것이었기 때문이다. 그가 정말로 무서워했던 것은 그 다음에 일어날 일이었다. 회사의 명예를 해쳤다는 미명 아래 이뤄지는 감봉. 그는 그것이 두려웠고, 그래서 젖은 솜 같은 몸을 이끌고 서서 가야만 했다. 오늘도 마찬가지였다. 김정훈 씨는 쫄쫄이 안에 있는 사직서를 만지작거리며 콩나물시루 같은 지하철에 올라탔다. 누가 은행을 밟고 왔는지, 3일 동안 씻지 않았을 때 맡을 수 있는 겨드랑이 냄새가 그의 코를 찔렀다. 회색 바탕의 벽들이 그를 찍어 누를 듯이 다가왔다. 그는 또 한 번 사직서를 만지작거리기 시작했다.

우여곡절 끝에 그가 회사에 도착했을 때, 시계는 7시 40분을 가리키고 있었다. 출근 시간은 8시. 하지만 그는 늦었다고 생각했다. 부장은 7시 반에 도착하니까. 사무실에 앉아서 일하는 것도 아니면서 왜 출근도장은 사무실에서 찍어야 하는 건지. 그는 나지막하게 욕을 중얼거리며 엘리베이터에 올랐다. 쫄쫄이를 입은 사람들 몇 명이 김정훈 씨에게 눈인사를 건넸다.

김정훈 씨의 직장 상사, 그러니까 굳이 이름을 알아야 할 정도로 중요한 인물은 아닌 이 씨 성을 가진 부장은 특별한 능력을 가지고 있었다. 회장의 손자로, 사장의 아들로 태어나는 능력. 능력이라면 능력이었다. 운도 실력, 아니 능력이라는 명사의 명언이 있지 않은가.

김정훈 씨는 유리문을 열고 사무실로 들어갔다. 부장이 미간을 찌푸린 채 팔짱을 끼고 창문을 바라보고 있었다. 김정훈 씨는 그런 부장에게 허리를 90도로 숙이며 인사를 건넸다. 부장이 의자를 돌렸다. 그리고 그는 대답으로, 날아오는 서류 봉지를 받았다. 김정훈 씨보다 먼저 자리에 앉아 있던 동료들은 그 모습을 흘겨보며 팔자에도 없는 인터넷 서핑을 해야 했다. 그는 연신 허리를 숙이며 죄송하다고 말했다. 그가 자리에 앉아 허리를 좀 펴보려는 찰나, 비상벨이 울렸다. 김정훈 씨와 그의 동료들은 번개 같은 속도로 자리에서 일어났다. 아, 혼자서 양복을 입은 이 부장은 예외였다.

그들은 사건이 일어난 거리로 향했다. 사람들이 밀집해 있던 사거리 광장에서, 히어로가 되었어야 할, 아니 히어로였을 수도 있는 범죄자가 그들을 향해 레이저를 쐈다. 레이저가 광장 중앙에서 나오는 분수를 뚫고 그들을 향해 다가왔다. 히어로들은 쉽사리 반격하지 못했다. 상가 건물에 흠집이라도 났다간 책임은 자신들의 몫이었으니까. 하지만 우리의 범죄자는 잃을 것이 없었다. 그는 대담했다. 히어로들은 사람들에게 멀리 대피하라고 말했다. 하지만 사람들은 피하지 않았다. 얼마나 진귀한 광경인가. 이런 건 핸드폰으로 찍어야지. 김정훈 씨를 비롯한 히어로들은 상의 끝에 더 이상 기다릴 수 없다는 판단을 내렸다. 그들은 범죄자를 향해 날아가기 시작했다. 레이저를 막을 도구는 없었다. 그들은 몸으로 범죄자를 감쌌다. 범죄자가 잡혔다. 그리고 누군가의 배에 커다란 구멍이 뚫렸다. 김정훈 씨의 동료, 올해로 28살이 된 신입이었다.

하루도 있지 않아 신문에서는 히어로들의 질 낮은 삶에 관한 기사가 실렸다. 그들은 동정을 받았다. SS 히어로 주식회사는 비난을 받기 시작했다. 주가가 급락했다. 이름뿐이었던 히어로 노조는 총파업을 선언했다. 그리고 김정훈 씨는 노조원이 되었다. 그는 동료의 대한 미안함, 지켜주지 못한 미안함을 이렇게 해서라도 속죄해야 한다고 생각했다. 더 이상 이런 꼴을 볼 수 없다고, 더 이상 소중한 사람들을 잊을 수 없다고. 그는 외쳤다. 저녁이 있는 삶을 돌려 달라. 우리들의 안전을 보장해 달라.

죽은 28살의 신입에게는 2살 된 딸과 27살 된 아내가 있었다. 그는 공무원이 아니었기에 순직 처분을 받지 못했다. 남겨진 가족들은 보험금 몇 푼으로 생계를 유지해야 했다. 언론에 대서특필되기에 참 좋은 소재였다.

그리고 언론은 실제로 그렇게 했다. 정부는 '공영화'에 관한 논의를 진행하겠다고 밝혔다. 히어로 노조의 활동은 어느 정도의 성공을 거둔 것처럼 보였다. 이렇게 매스컴의 주목을 받기 시작하면 보통의 회사는 어느 정도 꼬리를 내리곤 하니까.

하지만 우리의 히어로 주식회사가 어떤 회사인가. 신뢰도 1위. 브랜드 파워 1위. 존경받는 회장님. 거기다 막대한 자본력까지. 그렇게 만만한 회사가 아니었다. 그들은 자신들의 정책을 바꾸지 않았다. 곧 비난 여론이 쏟아졌다. 그래도 그들은 바꾸지 않았다. 회사의 신뢰도는 바닥으로 떨어졌다. 시위도 일어났다. 히어로들은 투쟁을 계속했다. 조금만 더 고생하면 되찾을 수 있다. 우리들의 잃어버린 시간을. 그들은 천막에서 자면서도 희망을 잃지 않았다. 김정훈 씨도 마찬가지였다.

히어로들은 한 달째 투쟁을 계속했다. 문제는 거기서 발생했다. 당연하게도 범죄율이 높아졌다. 두 배 가까이 뛰었다. 히어로들은 파업 중이었다. 특별한 능력을 가진 범죄자들을 일반 경찰이 막기엔 역부족이었다. 은행이 털려나갔다. 살인사건이 빈번해졌다. 자살 폭탄 테러가 일어났다. 히어로들은 파업 중이었다. 사람들은 분노했다. 범죄자가 아닌, 히어로들에게.

모든 매체는 일제히 비난을 계속했다. 대상만 바뀌었을 뿐이었다. 회사는 법원에 파업 금지 가처분 신청서를 제출했다. 사람들은 히어로들의 고충을 금세 잊어버렸다. 당연한 수순이었다. 우리는 다 알고 있지 않은가. 그곳의 시민들은 히어로들의 생계에까지 관심을 가질 여력이 없었고, 누구나 그렇게 살았으니까. 곧 노조는 '당연한 일에 불만을 갖는 귀족들'로 불리기 시작했다. 노조를 나가는 히어로들이 속출했다. 하지만 우리의 김정훈 씨는 포기하지 않았다. 그는 매일 아침 중얼거렸다. 이렇게 죽든, 저렇게 죽든 매 한가지라고. 그리고 다행히, 그에게는 가족이 없었다.

그는 그렇게 버티고 버티다, 결국 해고를 당했다. 필수 공익 사업장 종사자가 오랜 시간 업무를 유지하지 않았다는 게 이유였다. 그로서는 처음 듣는 이야기였다. 그는 억울함을 느꼈다. 법적으로 보장된 권리를 말이야. 이렇게 무시하고 짓밟아도 되는 거야? 노조원들은 김정훈 씨와 함께 외쳤다. 아직 해고되지 않은 동료들, 조금 늦게 파업에 가담한 동료들이 김정훈 씨에게 걱정하지 말라고 말했다. 형님. 동생님. 우리가 다 해결해 드릴게요. 복직시켜 드릴게요. 내일 당장 항의하러 갑시다. 김정훈 씨는 그날 밤 술을 샀다.

다음날, 김정훈 씨와 노조원들은 머리에 띠를 묶은 채 자신들의 회사로 들어갔다. 아무도 그들을 막지 않았다. 그 흔한 경비조차 보이지 않았다. 그들에게는 행운이었다. 그들은 복도를 지났다. 처음 보는 사람들이 쫄쫄이를 입고 열심히 복도를 뛰어다니고 있었다. 대체근무를 나온 사람들이었다.

형님. 힘이 쫙 빠지네요. 우리가 없어도 돌아가긴 하네요.

김정훈 씨는 그렇지 않다고 했다. 우리는 이 회사에, 아니,

이 사회에 꼭 필요한 영웅이라고. 하지만 그도 힘이 빠지기는 마찬가지였다.

김정훈 씨는 사장실의 문을 열었다. 바닥이 대리석으로 되어 있었다. 천장이 하늘에 닿을 듯 높았다. 사장이 웃으며 그들을 반겼다. 통유리를 통해 들어온 햇빛이 사정의 민머리를 환하게 비췄다. 민머리에서 반사된 빛이 김정훈 씨의 눈을 찔렀다. 사장 뒤에 걸려 있는 용 모양 금장식이 그들을 향해 혀를 널름거렸다.

잘 오셨어요. 안 그래도 부르려고 했습니다.

김정훈 씨의 등줄기에서 식은땀이 흘렀다. 어쩐지 막는 사람들이 없더라니. 김정훈 씨는 함정에 빠진 것만 같다고 생각했다.

노조원들은 자신들의 요구를 말했다. 김정훈 씨 같은 해고된 사람들의 복직도 포함이었다. 사장은 웃으며 그들의 요구를 들었다. 듣기만 했다. 그들의 발언이 끝나자, 사장은 웃음기를 머금고 이야기했다.

복직은 안 됩니다. 법을 어겼기 때문이지요. 단.

법을 어겼기 때문이라니. 김정훈 씨는 사장의 민머리에 딱밤을 때리고 만 싶은 심정이었다. 노조원들은 앞 다투어 자신들의 흥분된 감정을 드러냈다. 사장은 여전히 웃으며 이야기했다.

제가 단이라고 했을 텐데요.

모두가 꿀이라도 먹은 것처럼 조용해졌다. 김정훈 씨는 싸우기도 전에 패배한 것 같은 느낌을 받았다.

지금이라도 파업을 그만두신다면 노조원 분들이 원하시는 몇 가지 사안들을 협의를 통해 수용하도록 하겠습니다.

김정훈 씨는 그럴 수 없다고 했다. 난 이미 해고됐는데. 그런 게 다 무슨 소용이야. 됐고, 저희는 파업을 계속하겠습니다. 잘 나신 회장님한테도 한 번 찾아가보죠.

그는 침을 튀기며 열변했다. 그를 제외한 모두가 한 마디도 꺼내지 못했다. 모두가 고개를 숙이고 사장실의 대리석 바닥을 쳐다봤다. 민머리에 비친 빛이 그들의 눈을 찌르지 않았더라도 마찬가지였을 것이다. 금장식이 그들을 향해 혀를 낼름거렸다. 창밖으로 낙엽이 떨어졌다. 김정훈 씨는 14층에서 낙엽이 떨어지다니, 김정훈 씨는 정말 이상하다고 생각했다.

김정훈 씨는 그렇게 노조를 나왔다. 그는 이제 완벽히 혼자였다. 레이저를 쏘는 능력은 다른 직장을 구하는 데 아무런 도움을 주지 못했다. 그는 자신을 제외하면 잃을 게 없었지만, 이제 자신도 잃을 판이었다. 줄어드는 통장 잔고는 천막의 불편함보다 사람들의 비난보다 무거웠다. 설상가상으로 그는 어찌 됐든 살아가야 하는 나이였다. 시작도 아니고 끝도 아닌 곳에서 멈춰선 육상선수. 그는 어찌됐든 뛰어야 한다고 생각했다. 살아지는 인생 말고, 살아가는 인생을 위해서는.

하지만 현실은 매정했다. 사회는 그가 없어도 흘러갔다. 일개 히어로의 생계 따위 알 바 아니었다. 그는 아르바이트라도 해야겠다고 생각했다. 40살이든 400살이든, 지금 자존심이 문제가 아니었다.

이제 김정훈 씨의 직장은 집 앞 편의점이었다. 그는 다행이라고 생각했다. 이젠 알바도 구하기 어렵다는데, 나같이 나이 많은 사람을 고용해주다니. 사장이 어렸을 때 내 팬이었으니까 다행이지. 아니면 큰일 날 뻔 했어. 하지만 그 자기위로는 오래 가지 못했다.

매일같이 진상 손님들이 찾아왔다. 함박눈이 편의점을 뒤덮었고 회색 골목이 하얗게 물들어갔지만, 그들은 날씨 따위 고려하지 않았다. 만취와 구토는 예삿일, 대변을 보고 도망가는 손님도 있었다. 아니, 거기까진 괜찮았다. 대변과 토사물이 묻은 점퍼를 내밀며 세탁을 해달라고까지 했다. 여기가 무슨 세탁소도 아니고. 편의를 다 봐줘서 편의점이 아닌데. 범죄자보다 더한 놈들이라고, 아니, 저것들도 감방에 한번 갔다 와야 한다고 김정훈 씨는 생각했다. 김정훈 씨는 매일 밤 그들을 향해 레이저를 쏘는 꿈을 꿨다.

하지만 편의점 아르바이트만으로는 생계를 유지할 수 없었다. 설상가상으로 집주인은 김정훈 씨에게 전세금을 올려달라고 말했다. 어디서나 일어나는 평범한 일이었지만, 김정훈 씨는 적잖게 당황했다. 적어도 김정훈 씨에게만큼은 처음 일어나는 일이었으니까.

김정훈 씨는 무언가를 해야만 했다. 그래서 그는 아르바이

트를 하나 더 구했다. 서비스직에 환멸을 느낀 그는 건설 노동
자라는 직업을 택했다. 아니 사실 그건 평계였고, 40살의 김정
훈 씨는 그것 외에 할 수 있는 일이 없었다. 주인이 자신의 팬
인, 뭐 그런 우연의 선물이 있지 않는 이상.

그는 벽돌을 옮겼다. 히어로인 그에게도 벅찬 일이었다. 레
이저를 쏘는 능력은 그 일에 아무런 도움도 주지 못했다. 하루
하루가 다르게 몸이 망가져갔다. 애석하게도 편의점 일은 그의
편의를 봐주지 않았다. 김정훈 씨는 벽돌을 등에 싣고 계단을
오르기 전 자신의 능력에 대해 곰곰이 생각했다. 김정훈 씨는
갑작스레 웃기 시작했다.

그는 등에 벽돌을 맸다. 그리고 밧줄로 벽돌을 친친 동여맸
다. 그는 하늘을 향해 솟아나기 시작했다. 벽돌이 출렁거렸다.
김정훈 씨의 몸도 벽돌처럼 출렁거렸다. 몸이 마음대로 나아가
지 않았다. 그는 공기가 자신을 찍어 누르는 것만 같은 느낌을
받았다. 김정훈 씨는 무언가 잘못되었다는 것을 느꼈지만 멈추
지 않았다. 조금만 더. 그는 중얼거렸다. 갑작스레 바람이 불었
다. 벽돌이 오른쪽으로 쏠렸다. 그의 몸도 오른쪽으로 쏠리기 시
작했다. 김정훈 씨는 죽은 자신의 동료를 떠올렸다. 무언가 단단
히 잘못되었다고, 그는 생각했다. 하지만 이미 늦은 후였다.

김정훈 씨의 몸이 바닥을 향해 곤두박질쳤다. 그의 몸이 땅
과 부딪혔다. 그의 왼쪽 어깨가 팔과 분리됐다. 그의 다리가 낫
처럼 꺾였다. 김정훈 씨는 바닥에 대자로 누워 비명을 질렀다.

꼭 말라붙은 불가사리 같았다.

그는 그렇게 직장을 잃었다. 몸의 반쪽을 잃었다. 그리고 인생을 잃었다고 생각했다. 이제 그가 할 수 있는 일은 한 가지밖에 없었다. 추락한 히어로가 할 수 있는 일은 한 가지뿐이었다.

김정훈 씨는 거리를 걸었다. 바닥에 닿은 목발이 경쾌한 소리를 냈다. 동료가 죽었던 그 거리였다. 사람들은 언제나 그렇듯 활기에 차 있었다. 애도하겠다고, 평생 기억하겠다고 하더니. 김정훈 씨는 큰 배신감을 느꼈다. 하지만 어쩌겠는가. 그들의 슬픔에 공감하기엔 사람들의 인생이 너무 짧았고, 빨랐으니까.

김정훈 씨는 이내 광장에 다다랐다. 분수가 나오고 있었다. 김정훈 씨는 분수대를 향해 다가갔다. 그의 목 끝까지 숨이 차올랐다. 그곳엔 아직 핏자국이 남아 있었다. 동료가 레이저에 맞고 쓰러진 그 자리. 김정훈 씨는 눈물을 흘렸다. 아무리 물을 흘려도 기억은 씻어질 리 없었다. 히어로에겐 그런 능력이 없으니까.

김정훈 씨는 계속해서 걸었다. 이제 곧 봄이었다. 나무에 걸린 목련꽃이 잠이 덜 깼는지 아직 몸을 움츠리고 있었다. 그는 그 꽃을 바라봤다. SS 히어로 주식회사의 간판이 그의 눈을 찔렀다.

김정훈 씨는 하늘을 향해 날기 시작했다. 죽어버린 그의 몸 반쪽이 방패연처럼 흔들렸다. SS 히어로 주식회사. 김정훈 씨가 13년 동안 몸을 담고 있던 그 회사. 그는 그 회사의 14층, 사장실을 향해 날아가기 시작했다.

　그는 레이저로 창문을 깼다. 창문이 얼음장처럼 힘없이 사라졌다. 사이렌이 울렸다. 김정훈 씨는 창문을 넘어 사장실로 들어갔다. 사장은 없었다. 그는 절뚝거리며 용 모양 금장식을 향해 다가갔다. 용이 그를 향해 혀를 낼름거렸다. 그는 금장식을 향해 혀를 뻗었다. 검은색 양복을 입은 사람들이 그를 사정없이 덮쳤다. 그의 몸이 바닥을 향해 힘없이 무너졌다. 천천히, 그러나 아주 맥없이. 그는 사람들을 향해 레이저를 쏘지 못했다.

　이것이 이야기의 끝이다. 김정훈 씨는 범죄자가 되었다. 정말 웃기다. 그렇게 증오하던 범죄자들과 똑같은 취급을 받게 되다니. 독재자를 비난하던 통치자가 독재자가 되는 것만큼 웃긴 일이다. 감옥에서 나온 후엔 어떻게 되었느냐고? 우리 모두가 알고 있지 않은가. 마지막으로 말하지만, 모두가 그렇게 사니까.

　그래도 아직 궁금증이 남아 있는 사람이라면 끝까지 보길 바란다.

　첫 번째, 정부의 히어로 '공영화' 논의는 전면 백지화됐다. 왜냐고? 정권이 바뀌었다. 이 대목에선 웃어도 좋다. 두 번째, 히어로 노조는 먼지 같은 존재가 되었다. 그렇다고 그들의 요구가 회사의 정책에 반영되지도 못했다. 언제나 그렇듯 그들은 완벽히 속아넘어갔다. 다 그런 거지 뭐. 세 번째, 이부장님은 이

상무님이 되었다. 역시 대단한 능력이다.

　정말로 이것이 이야기의 끝이다. 다시 한 번 말하지만, 이것은 대한민국의 이야기가 아니다. 대한민국에 레이저를 쏘는 히어로가 상식적으로 존재하겠는가? 상식적으로라면 말이다.

그대 이름은 바보, 바보, 바보

　나는 감히, 전태일을 닮았다. 이 글의 첫 문장을 읽는다면 나를 굉장히 '거만한 사람'이라 생각할지도 모르겠다. 하지만 아무래도 상관없다. 나는 전태일, 그와의 만남으로 말미암아 누군가의 평가를 개의치 않게 되었기 때문이다.

　아버지와 어머니의 다이어리를 몰래 본 적이 있다. 그곳엔 이렇게 쓰여 있었다. '어떠한 상황에서도 불의와 타협하지 말 것을 교육하기.' 나는 이 가르침에 따라 살아왔다. 초등학생 때부터 나는 아닌 것은 아니라고 이야기했다. 친구들의 어두운 가정사를 함부로 이야기하는 선생님, 기분에 따라 함부로 손찌검을 하는 선생님, 자신의 가치관을 지나치게 강요하고 그에 따르지 않으면 도태시키려는 선생님 등 나는 그런 어른들과 맞서 살아왔다. 또한 장애가 있는 친구들을 괴롭히는 동급생이나 선배들, 그저 마음에 들지 않다는 이유로 나와 내 친구들을 괴롭히고 욕하는 선배들과 맞서며 살아왔다. 타협하지 않은 채 살아온 결과는 흥미로움과 동시에 절망적이다. 나는 늘 눈초리를 받으며 살아왔고, 늘 비난받았으며 부모님은 매번 학교에 오셔야만 했다. 얼마 전 내가 겪은 일은 더 절망적이다. 씻지 않아 냄새가 나는 친구에게 욕하고, 심할 때는 성희롱까지 하며 비난하는 친구들과 선생님께 "너무하다."라고 이야기한 이후로 나는 그 친구의 짝꿍이 되어 가장 뒷자리에 앉게 되었다. 이 일로 나는 "인도주의자 납셨다."라는 비아냥의 소리를 듣게 되었다.

몇몇 아니 대부분의 사람들은 자신만을 생각하고, 자신의 아래라고 판단되는 사람들을 무시하고 이용하며 살아간다. 하지만 아이러니하게도 내가 느끼기에 이런 사람들은 참 '잘' 살아간다. 오히려 나와 비슷한 사람들은 사회에 적응하지 못하며 '어렵게' 살아간다. 내가 옳다고 믿었던 것들이 이 사회에서는 그른 것이라는 것을 피부로 느낄 때면 나는 이런 나에게 '그냥 좀 넘어갈 수 없겠어?' 하며 불평했다. 또한 나는 이런 일들로 인해 점점 지쳐갔고, 이런 세상에 넌더리를 냈다. 만약 전태일을 만나지 않았더라면 나는 내가 욕하던 사람들과 같은 길을 걸어가게 되었을지도 모르겠다.

이제 그와의 첫 만남을 이야기해보고자 한다. 내가 어릴 적 살던 곳은 중공업이 있던 곳이었다. 친구들의 아버지는 대부분 중공업에 다니셨다. 언니가 수학여행을 가는 날이었다. 중공업 공사장에서, 추락사고가 있었고 한 노동자가 즉사했다. 그 노동자의 딸은 친구들과의 여행에 들뜨고 신나 있던, 언니의 친구였다. 제대로 안전점검을 하지 않고 노동자를 현장으로 내몬 것이 노동자의 목숨뿐만 아니라 친구들과의 여행에 들떠 있던

어린아이의 추억까지 잔인하게 앗아갔다. 이런 일은 한두 번이
아니었다. 부모님에게 들은 바로는 사고를 당하신 분들은 대부
분 하청 직원이나 비정규직이라 제대로 된 보상도 못 받는다
고 했다. 너무 큰 충격을 받았었다. 그리고 그 이야기를 들은 후
노동법에 대해 알아보다 「아름다운 청년 전태일」을 보게 되었
다. 그것을 시작으로 나는 전태일을 알게 되었다. 사실 나는 그
를 만났다고 표현한다. 그의 이야기가 담긴 영화와 책을 얼마
나 많은 눈물을 흘리며 봤는지 모른다. 감정이 복받칠 때엔 숨
도 잘 쉬지 못할 정도로 울었다. 눈물의 이유를 정확히 알 수는
없지만 생각해보건대, 내가 겪은 외로움을 그는 몇 천배 아니
형용할 수도 없이 많이 느꼈을 것이라고 생각했기 때문일 것이
다. 감히 내 외로움과 방황을 그와 비교할 수 있을까. 다만 그를
만나고 나는 분노하는 나를 더욱 사랑하게 되었다. 다만 더 큰
일에 분노할 수 있어야 함을 어렴풋이 느꼈다. 내가 틀리지 않
았다는 것을 그의 삶이 이야기해주고 있었다. 사람들이 무어라
하든지 나는 내가 걷고자 했던 길을 계속 걸어야 한다는 것을
알았다. 그리고 나는 지치더라도 더 '바보'가 되어야 한다는 것
을 알게 되었다.

　나는 이 글을 통해 더 많은 바보들이 필요함을 이야기하고
자 한다. 아니, 나와 함께 바보가 되자고 이야기하고자 한다. 어
쩌면 나에게 그가 살던 시대와 지금은 다르다고, 옛날이야기를
듣고 와서는 때늦은 분노를 하냐고 이야기할지도 모른다. 과연

우리가 살고 있는 지금이 그가 살던 때와는 다를까?

'급식실 내부 온도는 조리 시 최고 섭씨 55도까지 올라가지만, 에어컨 등 냉방기구가 제대로 갖춰지지 않아 조리실무사들의 탈진이 속출한다는 주장이다', '이번 경부고속도로에서 사고를 낸 운전기사의 경우에도 전날 18시간 근무한 것으로 드러났다' 2017년 기사의 일부분이다. 전태일이 "근로기준법을 준수하라!", "내 죽음을 헛되이 말라"고 외치며 죽어가던 1970년과 다를 바 없는 2017년이다. 우리는 전태일의 죽음을 헛되이 하였다. 여전히 노동자들은 열악한 환경과 낮은 임금을 받으며 감히 비유하건대 '노예'처럼 살아가고 있다. 나는 이 현실을 학생기자단으로 활동하며 학생교육뉴스에 신고자 했으나, 노동자의 일은 우리 또래의 관심을 이끌기 부족하다며 보류하자는 이야기를 전해 들었다. 아니 우리는 노동자의 일에 관심을 가져야 한다. 더 많은 사람들이 불합리한 대우를 받고 있는 노동자들의 이야기에 주목해야 한다. 노동자의 일은 수많은 우리 부모님의 일이며, 어쩌면 훗날 우리의 일이 될 수도 있기 때문이다. 부디 홀로 죽어가던 그의 삶이 헛되지 않게 아니, 제발 더 이상의 전태일이 홀로 죽어가지 않게 우리에게는 '분노'가 절실히 필요하다. 우리들의 어머니, 아버지가 더 이상 노예처럼 살아가지 않게 우리는 마땅한 '분노'를 해야 한다. 우리에게 더 이상의 전태일이 있어서는 안 된다. 다만 우리에게는 그가 꿈꾸었을 '전태일의 세상'이 있어야 할 뿐이다.

다섯 번째 계절의 혹한기

쓸 만한 백신 하나 없는 먼지 낀 나라에서 전염병에 걸려 죽은 것처럼 사는 사람들
뉴스에는 입 대신 부리가 달린 앵커가 나와
"지난 밤 봄이 별세했다는 소식입니다" 하며 묵념하는데
계절 밖에 앉은 시청자들은 저마다 떨어질 집값을 욕하며 채널을 돌린다

기침소리가 죽음에 가까워져도 등 두드려주는 이 하나 없고

세월을 헛되이 보냈다며 당신처럼 살지 말라는 앞집 할배 옆에 앉아 입냄새로 발효된 기억들 때문에 코를 막고 고개만 연신 끄덕이다 보면 병 걸린 몸뚱이에는 분개하는 기름이 주름마다 끼고

헐벗은 건강은 신용불량자가 되어 만약에 숨어버리는 세상
끊임없이 약을 만들어도 텅 빈 눈들은 난민처럼 불어나는데

아프지 않은 나는 여전히 낭만을 쪼개어 약을 만든다

닳아지는 꿈은 선잠처럼 깨져서 두통을 앓는 몸
개발 중인 약의 부작용처럼 발작하는 마음은 가슴에 동백을
틔워 송이채로 꺾이는 심장

젊은 날의 환상은 다 망상인지 친구를 잃고 돌아올 줄 알았
던 약속들이 다른 집을 찾아 들어오지 않을 때
형체 없는 거리 속
정육면체가 되어 모서리를 깎는 조각가

감염되지 않은 비명들이 시한부 취급을 받는 곳에서
환자복 대신 입은 연민으로 그들을 동정할 뿐 울지 않는 병
자들
이제는 병실까지 들어온 죽음에 마스크를 올려 쓰며 저도
따라 감기에 걸린 척 억지로 두어 번 숨을 토해내면

이윽고 홀로 남은 밤 조각난 꿈을 덮어 부서진 낮을 지우는
영혼
꿈의 파편은 바닥을 더듬어 떨어진 문장들을 수집하는데

무서우리만큼 평온해서 어둠 속에서만 쓸 수 있는 시들

현실을 집어 삼킨 달빛만이 오롯이 꿈을 밝히고 있다

신화

동쪽 끝엔 신화처럼 살지만 신도 아닌 아이가 있어

들어봐 이건 눈물 없이 채울 수 없는 그리움의 밀도

별보다 반짝이는 아이들이 옹기종기 모여 첫인사를 하다 잠
들면

밤에는 달빛보다 넓게 흩뿌려진 행간의 꿈들이

아르테미스처럼 문장을 지키는 희망의 뒷마당이야

눈치 챘니 내 고향도 그곳이라는 걸 너만 알고 있어야 할 비밀

파도에 쓸려나간 마음이 썰물로 돌아올 때 우리는 젖은 정
의들을 나열해

축축할 때만큼 진심인 말도 없으니 매순간 간절해지는 건
당연하지

보이지 않는 매미들이 사실 소리보다 가까운 곳에 있듯이

희망은 늘 몸에 새긴 부적처럼 곁에 있다고 생각해도

나의 신전은 너무 멀어서 그냥 모든 전생들을 믿어버리기도
하고

믿지 않는 종교에게 한 번씩 기도하면 죄책감은 신의 몫이
되지

그래도 우리는 영원히 늙지 않아 비록 육체는 섬을 떠나지만

어린 영혼은 우직하게 의심을 해 가끔 도둑들이 찾아와 회

개하곤 하지만

　이국의 별자리는 꼭 내 것처럼 빛이 나서 항상 고개를 들어 길을 찾았어

　나중에야 안 사실이지만 우주는 감옥 같아서 출구를 알려주지 않는대

　물론 그 말을 믿지는 않아 나는 그 빛을 따라 여기까지 왔으니까

　여전히 자정 언저리를 헤매고 있지만 뭐든 지나가기 마련

　아침이 오면 죽음이 찾아올 거야 어쩌면 다정할지도 모르지

　노크를 한다면 문을 열어주자 그 아이는 너무 커버렸으니까

　놀라지는 마 가난한 꿈은 모두 일찍 어른이 되고 말았지

접시

방 안 아무도 모르는 구석 들어선 식당 하나
집의 모든 불이 꺼지면 그제야 영업을 시작하는 곳
비애와 외로움은 나의 단골손님
오늘의 메뉴를 주문하세요 내일이면 잊혀질 재료로 만들었
으니
끄덕이는 감정들이 여전히 불안에 떨어도
다정한 목소리를 대강 썰어 국을 끓이고
쓰다듬는 손길로 설움의 흙먼지를 씻어내면
완성된 눈물 한 냄비 물론 금방 식을 테지만
입에 들어간 국에서 소금 알갱이가 씹힐 때 쯤
문을 다시 열 테니 괴로움을 오래 씹지는 마세요
조금 서투른 진심이 더 와 닿긴 해도
보기 좋은 떡이 맛도 좋다는 말은 다 맞는 말
내놓은 편지는 언제나 볼품없고 악의 없이 눅눅하다
타인의 그릇은 언제나 크고 나는 비길 수도 없이 작아서
그것이 내 눈이 잘못된 건지 속이 좁은 건지 알 수도 없고
슬픔만큼 들어차지 않는 위로 때문에 속만 더 허해진다
그래도 달래주는 것은 나뿐 언제나 그랬듯이
모든 잘못은 다 그래요 지나간 새벽은 스스로를 물들이고

빈 배를 채우려 마구잡이로 먹었다간 결국엔 탈만 날 뿐
전부 인과응보라지만 가진 반찬은 눈물밖에 없는데
내일의 메뉴가 축축이 젖어 있어도 아무 말 하지 말기

밤

밤은 낮의 전생인지 지나간 시간은 핏줄을 타고 선연히 흐르는 기억을 붙잡은 채 공전하는 비극 함부로 뱉은 마음을 후회할 때마다 심장에는 흉이 지고 오한을 띄는 문장들이 나를 꾸중하는 생일날 나는 초에 불을 켜기도 전에 나의 생일이 모든 시들의 기일이 되게 해달라고 기도한다 벽에 붙은 야광 스티커도 별처럼 수명을 다 해 빛 잃은 어둠과 함께 태몽의 잠을 짓누르면 쌓인 향내가 서툰 기대 틈새로 빠져나가 맑아지는 정신 느리게 깜빡이는 눈은 미래를 닮아 나아갈 길을 찾고 운석이 떨어지는 무덤으로 발걸음을 재촉한다 걸어다니는 죽음들이 끊이지 않는 이 땅은 외려 따뜻해서 시리다 순장된 꿈들로부터 선물 받은 심장으로 갈아 끼운 몸 매뉴얼대로 새로 조립해 아직은 낯을 가리는 내장들이 새내기처럼 부끄럽던 밤 눈물이 지난 길은 마르지 않아 걸음마다 옷깃을 붙잡는데 이 강은 염도가 짙어 헤엄칠 수 있는 배꼽이 없다 가뭄만큼 갈라진 몸에게 바치는 마음이 지나치게 가벼워 내민 손이 머쓱해 저무는 달과 함께 바스라지려 할 때 뒤늦게 마주잡은 손의 온기로 이루어진 작은 평화 그제야 마주 앉아 지평선 끝까지 결별하는 선물로 상처 입은 악몽의 가냘픈 등을 두들겨 주면 미련에 붙은 음절들을 모두 털어내 행간을 채우고 영원할 것 같던 지난

날이 배꼽처럼 까마득하다 새벽을 지나 아침은 기침처럼 예고
도 없이 찾아와 또다시 막지 못한 어제가 되감아지고 기시감에
헤어날 수 없는 하루가 시작되고 있다

무릎

돌부리에 걸려 무릎을 깨먹은 일이 있다

유독 생채기가 많은 몸이라 그러려니 했던

그저 흉터가 하나 늘겠구나 푸념하고 만 하루

심장에 맺히는 핏방울을 문지르며

이런 상처쯤은 아무것도 아니지

주문처럼 되뇌며 모르는 척 넘긴 수백의 밤

까마득한 날이 지나 다시 끝을 향해 걷기 시작하면

색이 바라 바닥에 떨어진 잎에도 놀라는 아이가 있어 매정

한 오르막을 문장 하나로 오르기엔 숨이 가쁘지만

건네는 고백을 죄 뿌리친 자존심이 의지할 곳은

행간을 헤쳐나가는 전생의 호흡뿐

작은 돌멩이에 채여도 아리는 정강이지만

바지를 걷어 만져보면 꼭 굴복하는 것만 같아 덮어둔 과거

길을 오르다 발견한 옛 성벽이 꼭 나를 닮았다고 느낄 쯤에야

여전히 새살이 돋지 않았음을 깨달은

성장하지 못한 최초의 다짐

미숙함으로 어설프게 닦았던 피는 그치지 않아

손금 위로 흐르다 알 수 없는 운명 앞에서 길을 잃었다

말하고 보니 평생을 알은 척 않던 아픔이 발목을 잡고

고인 눈물이 따끔거려 어느새 눈앞은 안개로 자욱하다

더 이상 못 가겠지만 돌아갈 수는 있을까

무력한 울음들이 비와 함께 내려 서서히 녹슬어 갈 때

멀리서 비춰오는 평화는 신기루처럼 다가와

많이 아프지? 하는 한낮의 위로를 무릎에 덧발라준다

여우비였던지 웃는 낯을 닮아 보조개만큼 패인 구름

질펀한 땅은 금세 마르지 않지만 희박한 호흡을 걱정으로
메우고

딱지 진 마음을 너머로 보이는 예감을 향해 내딛는 발걸음

그제야 멎을 기미를 보이는 피가 하늘빛으로 파랗게 번진다

난쟁이의 손

컵을 든 그의 손이 금세 불그스레해졌다. 커피를 가져가다가 넘어져 데인 것이었다. 하지만 그에겐 아파할 시간이 없었다. 그는 손이 다친 것보다 요양원 직원에게 한소리 듣는 것이 더 싫었다. 다행히 커피는 그리 많이 흘리지 않았다. 크림을 한 스푼 덜 넣었나. 직원의 말에 그는 듬뿍 넣었어요. 듬뿍 이라고 말하고선 자리를 떠났다.

사실 더 넣은 것도 있어요.

지금쯤이면 지원은 자신이 침을 뱉은 커피를 다 마셨을 것이다. 나이도 어리면서 평소 자신을 무시해오던 사람이었다. 그는 종종 그런 사람들에게 남모를 복수를 하곤 했다. 쌤통이다. 덩달아 그의 굽은 등이 살짝 움직였다. 아저씨. 좋은 것도 잠시 그는 재빠르게 소리가 난 곳으로 갔다. 어느새 그의 손엔 네 개의 종이컵이 들려져 있었다.

그가 요양원에서 일하기 시작한 건 한 기계가 나타난 후부터였다. 사람들은 그것을 생명 호스라고 불렀다. 기계는 곧 유명해져 불티나게 팔리기 시작했다. 그중 먼저 기계를 들인 곳이 자신이 일하는 요양원이었다. 덕분에 요양원은 알 만한 사람은 다 아는, 그런 곳이 되었다. 그가 요양원에 올 수 있게 된 건 기계와의 인연 덕이었다. 그는 고아원에서 도망친 후로 많은 공장들을 전전했다. 굽은 등을 가진 자신을 유일하게 맞아준 곳이었다.

마지막으로 일했던 공장은 생명 호스를 만들었다. 그곳에서 그는 부품을 조립했었다. 생명을 연장하는 데 이렇게 많은 것들이 들어간다니. 문득 그는 자신이 기계라면 얼마나 많은 부품이 들어갔을까 생각해 보았다. 분명 확신하는 건 그는 정상 제품은 아니라는 것이었다.

이게 다 너 때문이야.

그는 애꿎은 등을 쳤다. 태어날 때부터 굽은 등을 가진 탓에 키는 중학생 때 이미 멈췄다. 손가락질을 받는 건 그에겐 이미 흔한 일이었다. 그래서인지 그는 말할 때 시선이 아래로 가는 버릇을 가지고 있었다. 고개가 내려가면 그의 굽은 등이 올라갔다. 주변의 따끔한 소리를 들을 때면 그는 고개를 들지 않았다. 남들보다 시선이 아래인 게 가끔은 도움이 되는구나. 굽은 등이 괜찮다고 생각한 순간이었다.

어느덧 그는 생명 호스 수리도 익히게 되었다. 동료가 그에게 기계 수리를 떠맡겨 자연스레 기술을 가진 것이었다. 그 후 공장 반장은 한 사람을 소개해주었다. 요양원 분이신데 우리가 만드는 기계를 관리할 사람이 필요하대. 자네가 할 수 있으니까 가서 일하게. 반장은 오래 일한 그에게 정이라곤 하나도 없는 듯 보였다.

그는 결국 공장을 떠났다. 생각보다 요양원은 시골 깊숙한 위치에 있었다. 직원들은 그를 신기해하거나 경멸스럽다는 눈빛으로 쳐다보았다. 오랜만에 느껴서인지 그에겐 무척 낯선 느낌이 들었다. 그나마 나은 것은 공장보다 월급이 높고 숙식을 제공한다는 점이었다. 열 명씩 끼어서 자던 공장 기숙사와는 달리 요양원은 한 개의 방을 주었다. 그는 방을 혼자 쓸 수 있다는 것이 좋았다. 발을 뻗고 자는 게 얼마만인지 몰랐다. 그를 배척했던 공장 동료들 때문에, 항상 그는 몸을 웅크리고 잤다. 그렇게 잘 때마다 그는 고아원에서 지냈던 시절이 떠오르곤 했다. 고아원에서는 대체로 삼십 명 정도가 함께 잤는데 그는 이불조차 제대로 덮지 못했다. 지금 그의 방 옆에는 보일러실이 있어 따뜻하게 잠을 잘 수 있었다.

요양원에서 그가 맡은 직책은 기계 수리공이었다. 말이 그런 것이지 그는 기계를 다루는 일보다 탕비실을 자주 들렀다. 요양원이 자신을 고용한 것도 자신들의 이미지를 위해서라는 것을 후에 알게 되었다. 기자가 요양원을 취재하러 왔을 때 그는 처음으로 원장 얼굴을 보았다. 원장은 그의 손을 잡으며 인터뷰에 응하고는 이내 자신의 집무실로 들어갔다. 그 이후로 원장과 대면한 적이 한 번도 없었다.

이봐요. 할 일 없으면 나가서 나뭇잎 좀 쓸어요.

그는 말없이 빗자루를 가지고 나갔다. 아무리 쓸어도 바람 때문에 모아둔 나뭇잎들은 계속 흩어졌다. 차라리 공장에서 일하고 말지. 월급 그거 더 준다고 뭐가 달라. 늙어가는 자신과는 달리 요양원은 점점 커져갔다. 요양원 입구에는 플랜카드가 걸려 있었다. '사람을 정성으로 대하는 요양원' 염병, 그는 나지막하게 욕을 뱉었다. 침을 뱉다가 그의 눈에 멀쩡해 보이는 장초 하나가 보였다. 그는 주위를 둘러보고는 얼른 주워 주머니에 쑤셔 넣었다. 이거 하나는 건졌네.

아저씨 여기 기계 좀 연결해 주세요.

환자가 새로 들어온 모양이었다. 오랜만에 꺼낸 공구 상자엔 먼지가 들러붙어 있었다. 먼지를 털어내자 그는 연거푸 기침을 했다. 이제는 작은 먼지에도 약해진 건가. 이내 그는 능숙하게 기계를 연결하기 시작했다. 이번에 온 환자는 호흡기를 달고 있었다. 여기 오래 못 있겠는데. 그는 말없이 침대에 다가가 기계를 연결하기 시작했다. 그는 일하는 내내 이상한 기분이 들었다. 언뜻 본 환자의 얼굴이 낯설지 않은 것이었다. 혹시나 해서 그는 침대에 달린 환자의 차트를 보았다. '차용숙' 그 여자였다. 기억에서 지워내고 싶은 사람들 중 하나. 환자는 자신을 괴롭혔던 고아원 원장이었다.

원장에 대한 기억이 생생하게 떠올랐다. 처음 봤을 때 그녀는 그를 경멸스럽게 쳐다보았다. 그는 자주 원장에게 불려가 맞았다. 대답을 느리게 하던지 행동을 굼뜨게 한다는 것이 이유였다. 덕분에 고아원 아이들까지도 자신을 만만하게 보았다. 그는 가끔씩 자신의 몸에 난 멍을 세어보곤 했다. 말을 어눌하게 하기 시작한 것도 그때부터였다. 어린 그는 원장이 무슨 말만 하면 때릴까, 자주 겁을 먹었다.

너 같은 걸 돌봐주면 감사히 여겨야지. 그 굽은 등을 가지고 잘 살 거 같아?

열다섯 살이 되자 그는 고아원에서 도망쳐 나왔다. 도저히 그곳에서 지낼 수 없었다. 몇 년이 지나 그는 그녀를 신문에서 발견할 수 있었다. '폭력을 일삼은 고아원 원장 적발되다.' 결국 고아원은 문을 닫게 되었고 그는 다시는 원장을 볼 일이 없다고 생각했다.

세상일은 참 알 수가 없어. 어떻게 보면 자신이 원장을 살려주는 것이었다. 원장의 생명이 그에게 달려 있는 거나 마찬가지였다. 더 이상 원장은 자신에게 해코지할 수 있는 힘이 없었다. 그저 떠날 준비를 해야 할 늙은이에 불과했다.

원장은 한 번도 눈을 뜨지 않았다. 간호사의 말을 엿들어보니 식물인간이나 다름없는 상태라고 했다. 솔직히 기계가 아깝다. 간호사들은 다른 환자를 받는 게 훨씬 나았을 거라고 수군댔다. 원장은 예전과는 다른 취급을 받았다, 아무도 그녀를 걱정해주지 않았다. 요양원 직원들이야 한숨만 나올 뿐이었다. 돈만 많으면 내가 요양원 인수해서 저것들 다 쫓아내는 건데. 항상 원장의 침대는 휑하기만 했다. 가족이 없는 건가. 하지만 이

곳은 가족의 동의가 없으면 절대 들어올 수가 없었다. 그는 접수처의 김에게 다가가 물었다.

저기, 저 여자는 왜 아무도 안 찾아오는 거요?

김은 그나마 직원들 중에서 말이 통하는 사람이었다. 무뚝뚝하지만 자신을 한 번도 무시하지 않았다. 김은 서류정리를 하고 있는 모양이었다. 그의 안경은 코에 간신히 걸쳐져 있었다. 누구라고요. 김은 안경을 다시 쓰며 물었다. 김의 목소리가 살짝 높아지자 그는 원장을 가리켰다. 목소리는 아까보다 작아졌다. 저 호흡기 단 여자요. 김은 원장을 유심히 보더니 아무렇지 않게 말했다.

"직원들 말로는 고아원 운영하던 사람이었는데 망했대요. 그러다 남편 돈으로 사채를 쓰다가 도망쳤는데 결국 저렇게 된 거죠. 그래도 여기 딸들이 내준 거래요. 어차피 뭐 얼마 남지도 않은 거 같은데……."

그는 복잡한 심정이 들었다. 어렸을 때 자신은 원장이 초라해지기를 바라곤 했다. 원장의 모습을 보고 고소한 마음도 있었다. 하지만 언짢은 기분이 들기도 했다. 왜인지는 모르지만. 김은 다시 서류를 보더니 그에게 커피를 달라고 부탁했다. 그는 커피 믹스를 타기 시작했다. 끓는 주전자에서 하얀 증기가 나왔다. 원장의 호흡기에도 물방울이 금방이라도 떨어질 듯 간신히 맺혀 있었다. 김은 받자마자 커피를 마셨다. 그러더니 켁켁 거리며 물었다. 믹스 몇 개 넣었어요? 쓰레기통엔 두 개의

믹스 봉지가 들어 있었다.

평소와는 달리 그는 기계실에만 머물러 있었다. 중요한 환자가 온다며 기계 시스템을 점검하라는 요양원장의 당부 때문이었다. 다행히 기계는 거의 손볼 데가 없었다. 그는 모처럼 휴식을 만끽하고 있었다. 졸음에 취하려는 찰나 누군가 그의 방에 들어왔다. 그 말고 다른 사람이 방에 들어오는 일은 드물었다. 가끔 반찬을 주러오는 식당 아줌마 빼고. 게다가 하나도 아니고 둘이었다.

뜻밖의 얼굴들이었는데 요양원장과 사무장이었다. 그는 어리둥절하게 그들을 쳐다보았다. 요양원장은 그의 방을 탐탁지 않은 시선으로 둘러보고 있었다. 그러다 자신을 쳐다보는 그를 의식한 듯 얼굴은 바로 환하게 바뀌었다. 그는 요양원장의 미소가 마음에 들지 않았다. 원장 양반이 이런 데에 어쩐 일인 거지. 여기 온 이유는 말이야. 말을 처음 꺼낸 건 원장이었다. 사무장은 이내 자리를 피했다. 문이 투명한 재질이라 망을 보는 사무장의 형체가 보였다. 자네에게 부탁을 할 것이 있네. 원장의 표정은 어느새 웃음기가 사라져 있었다. 예에, 말씀하시지요. 그는 머리를 긁적였다. 대체 무슨 일인지 도통 감이 오지 않았다. 원장은 헛기침을 한두 번 하더니 말을 꺼냈다.

"아무도 모르게 차용숙이라는 여자의 생명 호스를 제거하게."

그는 원장의 얼굴을 쳐다보았다. 원장은 인자한 미소를 지으며 말했다. 혹시나 해서 말하는 건데 그 여자에게 호스를 다시 연결할 필요는 없네. 그럼 영원히 눈을 뜨지 못할 텐데요. 그는 어디로 시선을 둘지 몰라 이리저리 고개를 흔들었다. 그의 굽은 등마저 떨기 시작했다. 이번에 오는 환자분이 여간 높으신 분이 아니야. 잘만 하면 요양원 평판이 더 높아질 거라고. 아, 그냥 부탁하는 것도 아닐세. 돈은 얼마든 줄 것이네. 하필 그 여자가 제일 좋은 기계를 써가지고. 요즘 기계도 수량 한정이라 미칠 지경이야.

단지 그게 여자를 죽이는 이유입니까?

그는 처음으로 원장의 눈을 제대로 쳐다보았다. 원장은 살짝 미간을 찡그리더니 다시 설득을 하기 시작했다. 어차피 저 여자 정상적으론 못 내보내. 입원기간을 못 채우면 돈을 얼마나 배상해야 하는데. 몇 년 살까 말까 할 지경이더군. 그저 수명이 끝나서 죽은 것, 그것이 여자의 사망 이유라네. 그러니까 자네는 호스만 뽑게. 계약금은 미리 건네주지. 원장은 그의 침묵을 긍정으로 받아들인 듯 돌아섰다. 그는 원장이 나갈 때까지 문에서 시선을 떼지 못했다.

며칠 후 사무장은 그에게 두둑한 봉투를 건네주었다. 모레 5시일세. 봉투 안에는 그가 일생에 한 번도 만지지 못할 돈이 들어 있었다. 호스만 뽑으면 난 편히 살 수 있어. 고아원 원장에게 당해 얼마나 힘들게 살아왔는가. 정의를 생각하기엔 그는 많이 늙어 있었다. 당장 자신도 어떻게 될지 모르는 나이였다. 게다가 요양원장의 협박이 두렵기도 했다. 분명 처음은 아니겠지. 그는 봉투를 꾹 쥐었다. 그날 밤 그는 쉽사리 잠을 자지 못했다.

내일이 약속의 날이었다. 식탁 위의 봉투가 눈에 밟혔다. 살아오면서 돈은 언젠가 자신의 삶을 보상해줄 것이라고 생각했다. 하지만 그 기회는 쉽사리 얻지 못했다. 그녀와의 일이 주마등처럼 스쳐 지나갔다. 그의 굽은 등이 보였다.

지금보단 좁은 어깨네. 어린 그는 원장을 두려워하고 있다. 그의 주위로 사람들이 점점 모여들었다. 모두 그를 손가락질을 했다. 저 난쟁이. 흉측해. 사람들 사이로 돈을 흔드는 요양원장이 보인다. 그는 돈을 따라갔다. 하지만 이내 주위는 온통 깜깜하기만 했다. 아무것도 안 보여. 그는 방황했다. 어디로 가야할지 아무것도 몰랐고 그는 서서히 늙어갔다. 어느새 원장의 얼굴이 보인다. 그는 그녀의 몸에 연결된 기계를 잡는다. 이것만 빼면 돼. 그의 손이 바들바들 떨렸다.

이놈아. 돈 많은 게 좋은 거 같냐.

전에 다니던 공장에서 같이 일했던 박이 술주정 부릴 때 하는 말이었다. 돈은 하나도 보상을 안 해준다. 사람들이 멍청한 게 보잘것없는 것을 선망한다는 거지. 우리가 빡세게 일해야 콧방귀 뀌며 오지 않냐. 그는 어둠 속을 달렸다. 비로소 빛이 보이자 그는 방 앞에 서 있었다. 환한 달빛이 그를 비추고 있었다.

그는 방에 들어오자마자 짐을 챙기기 시작했다. 시계는 새벽 3시를 가리키고 있었다. 문을 열기 전 그는 봉투를 쳐다보았다. 돈을 다 가지고 갔다간 금방 잡힐 거야. 그는 봉투에서 만 원짜리 지폐 몇 장을 꺼내었다. 가는 길에 담배 한 갑이나 사야 겠군. 원장은 그에게 빚을 진 거나 다름없었다. 돈 받기는 글렀 군. 사채를 그렇게 썼다는데. 가방을 맸는데도 걸음이 그렇게 가벼울 수 없었다. 그는 조용히 요양원 뒷문으로 나갔다. 작은 키 덕분에 그가 보이지는 않을 것이다. 옛날처럼 말이다. 이 나 이에 이럴 줄이야. 그는 내내 달렸다. 알 수 없는 큰 빛을 따라 서. 그는 두 번째 도망을 시작했다.

어둠 속에서 피어오른 작은 불씨는
세상을 환히 밝히는 빛이 될지어니

　내가 처음 이 책을 읽게 된 이유는, 순전히『난장이가 쏘아 올린 작은 공』이라는 책을 읽고나서부터였다. 『난장이가 쏘아 올린 작은 공』의 배경은 산업화와 도시 재개발이 한창이던 시기였다. 겉모습으로는 산업화로 인한 급속한 발전만을 비췄지만, 속모습은 썩어 문드러졌다고 해도 과언이 아니었다. 빈익빈 부익부의 극심화와 노동 문제가 주를 이루어 기득권 세력이 아닌 노동자들에게는 누구보다 고달팠던 시기가 아니던가. 『난장이가 쏘아 올린 작은 공』도 내가 직접 읽고 싶어서 읽은 책이 아니라 학교의 방학 숙제여서 접하게 되었었는데, 나는 나 자신이 부끄러웠다. 이런 책 하나를 읽지 않았다니, 대한민국의 자라나는 기둥으로서도 고개를 들 수 없었다. 그렇게 난장이가 쏘아 올린 작은공에 한참 빠진 나에게 선생님께서는 한 가지 몰랐던 사실을 알려주셨다. 이 책의 저자가 "전태일 열사님"께 많은 영감을 받아서 만들어진 책이라고. 네가 기회가 된다면 『전태일 평전』이라는 책도 한번 읽어보면 좋을 것 같다고 하셔

서 읽게 된 책이다.

처음에는 '평전' 그 자체의 이름에 지레 겁을 먹었다. 보통 평전이라고 하면 아우구스투스 평전이나 정약용 평전. 이렇게 위대한 인물을 다루는 것 같아서 조금 이해가 어려웠다. 아직 내 나이로는 깊게 이해하기 힘든 주제라고 난 받아들였다. 하지만 『전태일 평전』은 나에게 조금 색다르게 다가왔다. 노동 문제뿐만이 아니라, 전태일 열사의 인간적인 모습까지 볼 수 있었던 책이라 내가 모르던 "인간 전태일"에 대해서 조금은 깊게 알게 된 것 같다. "이촌향도" 현상. 예전에 초등학교 시절 배웠던 말이 생각이 났다. 일자리를 찾아 도시로 떠나는 사람들. 부푼 꿈과 희망을 안고 서울로 올라간 그들은, 그들이 생각한 상상과는 다르게 닥쳐온 현실에 희망의 불씨마저 짓밟혀버렸다. 뼈저리게 아픈 현실은 노동자들의 임금이 70년대 내내 최저생계비의 절반 수준을 크게 밑돌고 있었으니까. 매스컴에서 보도하는 것과 같이 1970년대는 전대미문의 황금기, 고도의 양적 성장을 이룩하였지만 그것은 방대한 노동자의 한계 이하의 저임금과 장시간 노동이 있었기에 일어날 수 있었던 일이었다. "보이는 것이 다가 아니다"라는 말이 있듯이, 그들에게는 누구보다도 힘들었을 시간이었을 것이다. 그저 빨리 이 상황이 지나가길 기도하며 빌었을 것이다.

『전태일 평전』을 읽다가 느낀 점 한 가지 더 있는데, 도시 하층민들의 삶을 다룬 「운수 좋은 날」이 떠올랐다. 1920년대에서 1970년대로. 분명 많은 시간이 흘렀고, 도시는 변화했다. 하지만 이 사회의 속은 바뀌지 않나보다. 시간이 흘러도 도시 하층민들은 똑같이 고달프다. 그들은 가난한 삶과 부당함 속에서 매일을 살아갔다. 그런 그들이 뒤에서 받쳐주어 이 사회가 여기까지 왔다고, 우리는 이렇게 발전을 이뤘다고 생각하고 감사함을 느낀다. 이 책을 읽다가 나는 새삼 부끄러움을 느꼈다. 장시간 노동에 시달리면서도 웃음을 잃지 않았던 청년 전태일, 쥐꼬리만 한 돈을 받으며 희망을 노래했던 청년 전태일, 어려운 자신의 처지에도 불과하고 자신보다 더 어려운 여성 노동자들을 위해 풀빵을 사 먹이고, 돈이 부족해 자신은 걸어 다닌 전태일. 그가 정말 대단했다. 나였으면 아마도 하지 못할 일인 것 같다. 책을 읽는 내내 그의 고달픈 삶이 그대로 피부에 온전히 느껴져서 얼마나 소스라치게 놀랐는지.

너무 작은 공간, 책에서 묘사한 바와 같으면 내 생각에는 닭장 같다. 허리조차 펼 수 없는 작업장에서 온종일 먼지를 마시면서 일을 하고, 얼굴은 시커멓게 변한 그 시대의 노동자들. 보면서도 너무 마음이 아팠는데, 이게 전태일과 이들만이 아닌, 이 시절의 모든 노동자들이 그랬다는 사실에 눈물을 흘렸다. 그들은 고작 몇 천 원 받자고 뼈 빠지게 먼지 뒤집어쓰면서 일했는데, 나는 그런 돈으로 간식을 사 먹기 바빴으니, 내 스스로 내가 부끄럽다고 느꼈다.

이 책을 읽고 우리 사회의 문제가 훅 다가왔다. 최저임금, 비정규직과 그걸로 갑질하는 자들, 돈 많은 자들의 사치와 도시 하층민. 너무 정반대의 극과 극이 보여진다. 이 책에 나온 1970년대의 부당함보다 어쩌면 2017년인 지금이 더 심할 수도 있겠다. 지금도 뒤에서는 알게 모르게 이루어지는지도 모른다. 요즘 사람들은 개발도상국의 초콜릿 농장 어린이 착취, 커피 농장 어린이 노동력 착취 등 매스컴에서 다루는 기사를 보고 개발도상국을 욕하기 바쁘다. 그들은 알까? 불과 몇 십 년 전 우리나라에서도, 더 심하면 심했다고. 아마 "그럼 노동청에 고발하면 되는데 왜 그것도 안 하고 가만히 있어? 바보 같아."라고 말을 꺼내던 사람들도 있을 것이다. 그들의 말대로 그 당시에도 노동법이라는 법이 존재하였으나, 어린 아이도 노동에 시달리는 판국, 제대로 글도 배우지 못했던 그들이, 하루 15시간 이상의 노동에 시달린 그들이. 과연 일반인들도 이해하기 어려운 "법"이라는 커다란 벽을 읽을 수 있었을까? 내 생각에는 아마 노동법의 유무도 몰랐을 것 같다고 생각한다. 그런 법이 존재한다는 사실을 아는 기득권 세력들은 쉿쉿, 은폐하기 바빴고, 그 법으로라도 자신을 지키기 위해 알아야 하는 노동자들은 노동법이 있었다는 사실조차 몰랐고. 이러한 상황에서 전태일 열사는 무슨 생각이 들었을까? 아마 그는 이를 두고 볼 수가 없었을 것이다. 뜨거운 청춘인 그의 가슴속에는 정의감이 불타올랐을 것이다. 그래서 바보회를 설립하고 노동 운동을 전개하던 그였지만, 개발에 의한 성장만을 외치던 시대에 그의 처절한 외침은 무참히 짓밟혔다. 그렇게 결국 최후의 수단으로 그는, 청년 전태일, 노동자 전태일은 본인을 희생해서라도 빛이 드리우지 않는 이 어둠 속의 작은 촛불이 되어야겠다고 결심한 것이다. 내가 생각하기에는 그는 "작은 촛불"이 아니라 "크나큰 횃불, 도화선"과 같다고 생각한다. 그의 희생으로 이러한 어둠이 세상에 드러나게 되었으니 말이다. "우리는 기계가 아니다!"를 외치며 분신한 전태일, 이런 그가 있었기에 우리 사회는 많은 것이 바뀌었다.

나는 일반 인문계 학생들처럼 "노동", "노동법", "노동 운동"과 같이 이런 단어들이 막연하게만 느껴지지는 않는다. 오히려 일반 학생들보다 5년 정도 일찍이 사회에 뛰어드니 조금은 두려운 마음도 있다. 나도 이제 2년 후면 사회에 뛰어들 작은 사람에 불과하다. 나도 이 큰 세상을 경험하지 못해서, 이 큰 세상이 무섭다. 나 자신에게 스스로 던진 물음인 "이 세상에서 어떻게 살아남을 것인가?"에 대한 명쾌한 확신은 아직 없다. 내 꿈을 이루기 위해 들어온 반도체 고등학교에서 내가 맡은 일을 착실히 해내고, 배워가며 살아남기 위해 노력을 할 것이다. 나에게는 기득권 세력에게는 없는 꿈과 희망이 있다. 나는 그것을 항상 지고 살아갈 것이다. 떳떳하게, 남부럽지 않게 살아가기. 그것이 내 인생의 목표이다. 앞으로 사회생활을 하는 데에 있어서 이 책을 한 번씩 다시 읽고 내 마음을 다잡을 것이다. 내가 아무리 힘들더라도, 이 시대의 그들에 비하면 힘든 것도 아닐 테니까. 이 책은 방황하던 나에게 큰 도움이 된 것 같다. 이러한 노동 문제가 모두 사라지기 전까지는, 여전히 전태일은 우리와 노동자들과 함께할 것이다.

제12회 전태일청소년문학상

심사평

연대의 마음을 응원하며

전태일은 누구인가? 그는 이 저급한 자본주의 나라에 노동의 심장
으로 살아 있는 열사다.

예심을 거쳐 올라온 열 명의 작품 서른네 편을 십여 일 시간을 두
고, '청소년'의 입장이 되려고 애쓰며, 하루에 한 번 또는 그 이상 여
러 차례 읽었다. 청소년들이 이렇게 삶이 있는 시를 쓰려고 모색하는
노력이 고맙고 대견해서였다. 그러다 마음이 머무는 곳에 눈도장을
찍으며 다시 읽었다. 청소년들과 문학 나눔을 하고 있는 입장에서, 다
들 대단한 작품이었다.

시는 간접 경험보다는 직접 경험을 바탕으로 한다. 그렇다 하더라
도 직설보다는 은유가 더 큰 힘을 발휘할 때가 많다. 그런데 은유의
남발은 시를 난삽하게 할 우려 또한 높다는 것도 기억해야 한다. 이것
을 나는 '시의 우물'이라고 말한다. 고여 있다고 다 우물이라고 하지
는 않는다. 고여 있되 끊임없이 샘솟아야 비로소 우물이다.

전반적으로 시가 길다. 뭔가 보여주겠다는 듯 길어지다 보니 주제
를 끌고나가는 힘이 분산되고 약화된다. 긴 시가 꼭 좋은 시는 아니
다. 그렇다고 짧은 시가 좋은 시라는 얘기도 아니다. 된장이 뚝배기에
서 끓고 있을 때 더 먹음직스럽듯이, 이야기에 맞는 그릇이 있는 것이
다. 그리고 '전태일'을 의식한 탓일까, 노동 혹은 노동자를 지나치게
관념적으로, 대상으로만 다루는 것은 아닌지 하는 생각도 들었다. 시

는 내가 쓰지만 읽는 이는 독자다. 수십 수백 번이고 고쳐 쓰기를 해야 하고 소리 내어 읽을 때 리듬이 생생하게 살아 있어야 한다.

이런 청소년을 대상으로 하는 문학상이나 백일장을 심사하다보면 그들의 부모, 특히 아버지는 대개 어딘가가 찢어지고, 깨지고, 가난하고, 팔이나 다리가 하나 없고, 대체적으로 무능한 술주정뱅이이며 심지어는 엄마를 때리기까지 하는 사람으로 묘사하는 경우를 종종 보게 된다. 자신(화자)을 처참하게 만든다고, 또는 처참한 입장으로 빙의한다고 해서 쓴다고 좋은 시, 감동을 주는 시가 되는 것은 아니다. 이 점을 꼭 새겨주길 바란다.

고수빈의 「그 날 본 건 어쩌면」을 가장 참신하게 읽었다. 버려진 사물에 대한 고수빈의 관심은 '뒤집힌 우산' 같은 소외된 사람들에게로 향하는데, 나는 그가 능히 그 연대의 마음으로 '웅덩이를 건너'리라 믿는다.

아울러 이소영의 「지워진 마을」, 김민서의 「외벽에 비친 남자」, 김회정의 「다섯 번째 계절의 혹한기」 시편들에서 무한한 가능성을 읽었다. 결심에 오른 모든 '시 쓰는 전태일'들에게 박수를 보낸다.

전태일청소년문학상은 어깨가 무거워지는 상이다. 앞으로도 이들이 사람에 대한 관심을 놓지 않고 당당한 시인의 길을 걷게 되길 기대한다.

심사위원

예심 박소란(시인)·신철규(시인)

본심 권혁소(시인, 국어교사)·맹문재(시인, 안양대 교수)

일상에서 발견하는 이야기의 힘

소설은 실제이면서 실제가 아니다.

우리는 '동물농장'이나 '이상한 나라의 엘리스'를 읽으면서 이상하다고 느끼지 않는다. 동시에 실제 있었던 일을 소재로 삼아 쓴 소설을 읽으면서 현실에서는 존재할 수 없는 이야기라고 착각하기도 한다. 작가가 한 편의 소설을 쓸 때 그게 실제인지 아닌지는 중요한 문제가 아니다. 중요한 것은 독자들이 이야기의 흐름에 자연스럽게 빠져들게 만드는 것이다.

그래서 대부분의 작가들을 구성을 짜는데 굉장히 많은 에너지를 쏟아 붓고, 일부 작가들은 몇 년에 걸쳐서 구성을 갈고 다듬기도 한다. 구성은 집의 설계도와 같아서 사소해 보이는 결함 하나가 전체 이야기의 흐름을 망칠 수도 있다. 반면에 구성을 잘 짜놓으면 소설을 쓰기가 그만큼 편하고 즐겁다. 잘 짜인 구성은 하나의 생명체와 같아서 작가와 함께 호흡하며 이야기를 이끌어나가는 힘을 발휘한다.

그런데 많은 작가지망생들은 구성을 짜는 데 공을 들이기보다는 자신이 하고 싶은 이야기나, 전달하고 싶은 메시지에 집중하는 경향이 있다. 이번에 전태일청소년문학상 본심에 올라온 투고작들을 보면서도 그 점이 매우 안타까웠다. 글을 쓴 당사자들은 몇 날 며칠 밤을 새가며 구성에 공을 들였다고 생각할지 모르겠지만 투고작들을 읽는 내내 구성력이 너무 떨어진다는 느낌을 지울 수가 없었다.

심사를 하면서 또 하나 안타까웠던 점은 자신이 잘 모르는 세계에 대해서 너무 쉽게 접근하고 있다는 사실이다. 실제이든 허구이든 창작자는 자신이 그리는 세계에 대해서 누구보다도 환히 꿰뚫어보고 있어야 한다. 그래야 이야기의 흐름 속에 사람들을 끌어들일 수 있다. 그래서 자신이 잘 모르는 특이한 소재를 찾아 헤매기보다는 자신과 주변의 일상을 깊게 들여다보는 게 바람직하다. 참신한 이야기는 하늘에서 뚝 떨어지는 게 아니라 결국 우리가 발 딛고 살아가는 현실 속에서 나오기 때문이다.

사회평론 사장상을 수상한 「난쟁이의 손」은 고아원에서 학대당하며 성장한 난쟁이가 거액을 제시하며 요양원에 장기 입원한 식물인간을 죽여 달라는 원장의 제안을 거절하고 이야기를 다루고 있다. 그러나 그 식물인간이 자신을 오랫동안 학대한 고아원장인데도 난쟁이가 별다른 내적갈등 없이 거액의 유혹을 뿌리치고 요양원장의 살해 지시를 거부한 채 야반도주하는 결말처리가 이야기의 힘을 빼버리고 말았다.

한국작가회의 이사장상을 수상한 「히어로 김정훈씨」는 하늘을 나는 초능력자를 주인공으로 내세워 회사를 위해 헌신적으로 일하고도 짐짝처럼 버려지는 직장인들의 비애를 상징적으로 보여주는 소설이다. 힘 있는 문체와 재기발랄한 상상력은 좋았으나 조롱과 야유가 뒤섞인 비판이 여운을 남기지 못하고 직설로 끝나버린 점이 못내 아쉬웠다.

경향신문사 사장상을 수상한 「인간을 위한 나라는 없다」는 좀비 부모에게서 태어난 인간 아이의 성장기를 다룬 소설이다. 좀비들이 지배하는 사회에서 다름을 인정받지 못한 소수의 인간들이 차별과 멸

시를 당하는 설정은 참신하고 흥미로웠으나 그 설정을 자연스럽게 받아들이기에는 설득력이 부족했고, 주인공이 편한 삶을 거부하고 소수자로 살아가는 길을 선택하는 과정도 개연성이 많이 부족했다.

전태일재단 이사장상을 수상한 「노답청소년협회」는 고등학교 3학년 학생들이 탄핵촛불집회에 참가하는 과정과 광장에서 느낀 점을 담담하게 서술한 소설이다. 특별한 갈등이나 사건 없이 고3 청소년들의 일상과 그 속에서 느끼는 자의식을 잔잔하게 풀어나가는 서술방식은 돋보였으나 결말처리가 너무 뻔히 들여다보였다. 그리고 주인공이 겪는 내적갈등이 촛불집회에 참가하는 것만으로 해결되어버리는 과정도 눈에 거슬렸다.

그런데도 이 소설을 전태일재단 이사장상에 선정한 이유는 앞으로 전태일청소년문학상에 응모하는 학생들이 자신들의 일상을 깊이 들여다보고, 그 속에서 이야기를 풀어냈으면 하는 바람 때문이다. 참신한 문제의식은 먼 곳에 있지 않다. 우리가 일상 속에서 느끼는 문제의식은 그 자체로 훌륭한 이야기가 될 수 있다. 물론 그러기 위해서는 정말로 공을 들여 구성을 짜야만 한다. 구성의 중요성은 아무리 강조해도 지나치지 않는다. 「노답청소년협회」도 구성에 공을 많이 들였더라면 지금보다 훨씬 풍부한 이야기를 담고서 울림을 전달할 수 있었을 것이다.

심사위원
예심 신혜진(소설가) · 김대현(소설가, 문학평론가)
본심 김한수(소설가) · 안재성(소설가)

아름답고 진실한 글은 전파력이 크다

『전태일 평전』이 주는 감동은 언어로 다 표현하기 힘들다. 누구든 이 책을 읽기만 한다면 가슴 떨리는 감동에 빠지게 된다. 인간 정신의 고귀함을 이보다 절실히 보여주는 책은 드물다. 그리하여 거듭 읽히고 퍼뜨려 마땅한 책이다. 이 책을 만난 청소년들은 행운아라 할 것이다. 아름답고 진실한 정신은 전파력이 커서 만난 사람들도 그렇게 만들기 때문이다.

본심에 올라온 9편의 작품들은 모두 이런 감동을 절실히 표현하고 있다. 우열을 가리기 쉽지 않았지만, 세 가지의 기준으로 우수작을 선정했다. 책 자체에 대한 해석, 즉 전태일의 삶에 대한 깊은 이해와 공감. 그리고 전태일의 삶을 어떻게 현 사회에 적용하고 자신의 삶으로 받아들였는가. 마지막으로 문장 표현과 분량-내용의 풍부함을 고려했다.

박샘의 「아름다운 전태일 사상」은 책의 내용, 전태일의 삶과 사상에 대한 깊은 이해를 보여준다. 민중들이 고통스런 삶을 개인의 탓으로 돌리고 사회구조에 둔감한 면을 잘 포착했고, 모든 개체는 전체의 일부라는 전태일 사상의 핵심을 잘 파악했다. 성소수자, 장애인, 페미니즘 등 오늘날 약자들의 문제에 주목하며 자신의 삶으로 수용하는 태도도 좋다. 텍스트를 단순히 정리한 독후감이 아니라 자신의 관점이 돋보이는 글이다.

이희정의 「인간이 가져야 할 가장 인간적인 문제」도 전태일의 삶에 깊이 공감하여 읽고 쓴 좋은 독후감이다. 가장 인간다운 사람으로 전태일을 이해하며 그 인간다움이 실현되지 못한 사회에 온몸으로 저항한 전태일의 정신을 잘 표현했다. 어떤 문제이든 외면하지 않는 전태일 정신을 오늘날의 이 시대에 적용하고 자신의 삶 속으로 녹여내는 진정성이 돋보인다.

윤기원의 「그대 이름은 바보, 바보, 바보」는 전태일에 공감하는 마음, 내면화가 강한 독후감이다. 어린 학생이지만 불의와 타협하지 않는 정신을 고수한 삶의 흐름 속에서 전태일을 만난 감동을 잘 피력하고 있다. 노동자 전태일의 삶을 자신이 경험한 노동자들의 삶 속에서 파악하고, 노동문제에 대한 깊이 있는 인식이 말로만 아니라 삶으로 실천하며 살 것을 믿게 하는 글이다.

김태희의 「어둠 속에서 피어오른 작은 불씨는 세상을 환히 밝히는 빛이 될지어니」는 배우는 학생의 자세가 잘 드러난 글이다. 전태일 평전과 노동자의 삶을 다룬 다른 책들을 떠올리며 인식을 확장해가는 모습, 사회 진출을 앞둔 노동자로서의 자기 정체성에 대한 솔직한 성찰이 신뢰가 가는 글이다.

이 외에도 아까운 작품들이 많이 있었으나, 전태일의 삶을 자기 삶으로 내면화한 것이 부족했거나, 자기 이야기만 하고 책에 대한 언급이 약한 글. 그리고 감수성이 풍부한 내용이 돋보이나 문장의 오류가 너무 많은 글은 아쉬움을 느끼며 선정에서 제외했다.

심사위원
예심 신지영(아동청소년문학작가) · 유현아(시인)
본심 조향미(시인, 국어교사)

"노동자는 기계가 아니라 인간이다!"
"내 죽음을 헛되이 하지 말라!"

전태일이 스스로를 노동해방, 인간해방의 횃불로 불사르면서 외쳤던 이 피맺힌 절규들은 오늘도 우리들 가슴속에서 뜨겁게 고동치고 있습니다. 노동이 있고 싸움이 있는 곳이라면 그 어디에서나 폭풍처럼 해일처럼 메아리치고 있습니다.

죽음마저도 넘어서 버린 전태일의 불꽃은 바로 '인간선언'의 불꽃이었습니다.

불의의 힘이 아무리 강하더라도, 그리하여 그것이 아무리 인간을 억누르고 소외시키고 파괴한다 할지라도, 인간은 끝끝내 노예일 수 없으며 기필코 일어서 스스로의 주체적 삶을 실현시키기 위해 싸울 수밖에 없다는 진실을 밝힌 인간선언의 불꽃이었습니다.

전태일기념사업회에서는 노동해방, 인간해방의 횃불을 높이 든 전태일을 기념하고자 '전태일문학상'을 제정합니다.

우리는 인간을 억압하고 착취하는 모든 불의에 맞서 그것을 이겨내려 노력하는 모든 사람, 모든 집단의 목소리를 한데 모으려는 뜻에서 제정된 이 전태일문학상이 노동운동을 그 핵심으로 하는 우리의 민족민주운동과 문학운동에 새로운 활력과 힘찬 응원가로 자리잡을 것임을 믿어 의심치 않습니다.

전태일문학상이 공장에서, 농촌에서, 학교에서, 각각의 삶터와 일터에서 인간이 인간답게 살 수 있는 사회를 건설하기 위해 노력하는 모든 사람들이 함께 참여하고 함께 나눠 갖는 문학상이 될 수 있도록 많은 분들의 관심과 격려를 부탁드립니다.

1988년 3월
전태일기념사업회